QING PING GUO CONG SHU

青苹果丛书

趣味阅读

QUWEI YUEDU

顾萍 主编

图书在版编目（CIP）数据

趣味阅读/顾萍主编.—北京：企业管理出版社，2013.8

（青苹果丛书）

ISBN 978-7-5164-0452-2

Ⅰ.①趣… Ⅱ.①顾… Ⅲ.①故事-作品集-世界 Ⅳ.①I14

中国版本图书馆CIP数据核字（2013）第179218号

书　　名	青苹果丛书——趣味阅读
作　　者	顾　萍　主编
责任编辑	钱　丽　王秋菊
丛书策划	闫书会
书　　号	ISBN 978-7-5164-0452-2
出版发行	企业管理出版社
地　　址	北京市海淀区紫竹院南路17号　邮编：100048
网　　址	http://www.emph.cn
电　　话	总编室（010）67801719　发行部（010）68414644
	编辑部（010）68416775
电子信箱	80147@sina.com　zbs@emph.cn
印　　刷	北京昌平新兴胶印厂
经　　销	新华书店
规　　格	787×1092毫米　1/16
印　　张	11.5
字　　数	160千字
版　　次	2013年8月第1版　2013年8月第1次印刷
定　　价	25.00元

版权所有　翻印必究·印装有误　负责调换

前　言

苏联著名教育家苏霍姆林斯曾说过："让学生变聪明的办法，不是补课，不是增加作业量，而是阅读、阅读、再阅读。"面对浩瀚知识海洋，我们撷取最基础知识，呈现给广大青少年朋友，尤其是农村少年儿童。"青苹果丛书"是专门为农村少年儿童选编的一套系统的知识性读物。

随着我国城镇化进程的加速，农村传统的二元社会结构正在解体。我国农村大批劳动力外出务工，在广大农村随之产生了一个特殊的未成年人群体——留守儿童。据中央电视台2013年特别报道，我国农村留守儿童超6000万，每5名儿童就有一名留守儿童。同时，在城市中也有一大批农民工子弟，因来自农村，很难得到与城里孩子同样的义务教育，他们的学习教育同样令人堪忧。这类的家庭教育主要表现为：单亲式、隔代式、委托式及兄长式四种方式，留守儿童基本缺失父母亲对其在衣、食、住、行、安全等方面的能力调教，也缺少爱好、审美、人格、品格及情感等方面的亲情教育，特别是缺失了对父母的心理归属和依恋。

从学校教育分析，由于缺乏正常的家庭基本教育、心理素质教育、道德品质教育和身体发育教育，留守儿童的学习成绩都不理想，大多数留守儿童的成绩都处于中等偏下。也许是缺失和不足，相对于有父母亲在家的儿童而言，留守儿童更加渴望知识、渴望阅读、渴望外边的世界。令人遗憾的是，由于种种原因，他们对外界的了解更多的是看电视、玩电子游戏。

为了弥补农村少年儿童特别是"留守儿童"在家庭教育上的缺

憾，我们精选中外经典阅读篇目，编辑出版了"青苹果丛书"。其目的一是让那些远离父母的孩子通过阅读了解历史，感受文化，增加积淀，陶冶情操；二是开拓视野，通过这些短小精致的篇章，丰富课外生活，提高思维能力，在阅读中登上知识的殿堂，博览古今，感受中外文化经典的奇光异彩。

从编辑内容来看，它们分别为历史、文化、科技、艺术、天文地理、气候环境、工农业生产等多个学科。按照学科的安排，初步分为《古典文学阅读》、《趣味阅读》、《故事阅读》、《科技阅读》、《百科阅读》、《乡村阅读》等二十多个分册，针对适龄儿童阅读的特点，在阅读篇幅的编辑上我们力求短小精悍、通俗易懂。与孩子们在课堂上阅读的教科书相比，本套丛书还是一套相当出色的课外辅导读物，每一个分册都生动、形象、有趣、绚丽。力求融入了新的阅读模式，书中知识点简明易懂、自成体系，更容易被农村的孩子们接受。

崇尚经典，注重传统，寓教于乐真正贯穿其中是丛书的一个亮点。少年儿童求知欲强，通过阅读让他们知晓更多的社会发展和科技进步方面的知识，这有助于开拓创新思维，培养创新意识，提高农村少年儿童的科学文化素质；全套丛书叙述生动，文字简洁，以知识性为切入点。考虑农村社会转型时期的环境条件，重视知识的准确和生动，引导农村少年儿童在平时的阅读中了解更多的科学文化和历史知识，也有助于提升他们的读写能力。

美国教育家海伦·凯勒说："一本书像一艘船，带领我们从狭隘的地方驶向无限广阔的海洋。"愿这套丛书能给农村少年儿童带来亲情和快乐，青苹果，青涩而有味道，让他们在品读中体会其中的甜美，伴随他们成长。

编　者

2013 年 6 月 1 日

目 录

趣言幽默篇

白忙一场 …………………………………… 002
义女商三官 ………………………………… 004
"铁娘子"步入政坛 ………………………… 008
聪明的小朋友 ……………………………… 011
到底谁狠 …………………………………… 012
高水平演唱 ………………………………… 013
搞笑餐馆 …………………………………… 014
两道智力题 ………………………………… 016
猎人找揍 …………………………………… 018
美食家斗法 ………………………………… 019
占小便宜吃大亏 …………………………… 022
读书人生,趣味人生 ……………………… 024
年轻20岁 …………………………………… 028
女人的味道 ………………………………… 030
人家干啥咱干啥 …………………………… 032

啥叫聪明 …………………………………… 034
生物学家的奇遇 …………………………… 035
司务长跑障碍 ……………………………… 036
听了老人言 ………………………………… 038
我要喝鱼汤 ………………………………… 040
童年趣味，别样芬芳 ……………………… 042
饮料真好喝 ………………………………… 044
有什么就说什么 …………………………… 046
愚人节快乐 ………………………………… 047
知心恋人 …………………………………… 049

盎然做趣篇

令人无语的师生对话 ……………………… 052
鲁班造木鸢的故事 ………………………… 054
吹牛不上税 ………………………………… 056
防盗绝招 …………………………………… 057
够意思 ……………………………………… 058
过把瘾 ……………………………………… 059
还是酒糟饼 ………………………………… 061
"人"的质疑 ………………………………… 062
打官司 ……………………………………… 063
老爹送钱 …………………………………… 064
小丫丫的爱心 ……………………………… 066
三维画 ……………………………………… 070
自杀的兔子 ………………………………… 072
自作多情 …………………………………… 074

趣味风情篇

- 为什么座头鲸会"唱歌" ………………………… 076
- 澳大利亚体育运动 ………………………………… 078
- 冰岛人的生活方式 ………………………………… 080
- 充满传奇的美国蒙大拿州 ………………………… 082
- 丹麦乡村人的婚姻 ………………………………… 084
- 法国人的礼节 ……………………………………… 086
- 法国人的社交 ……………………………………… 088
- 巴黎为什么会成为世界文化中心城市？ ………… 090
- 复活节的彩蛋 ……………………………………… 096
- 感恩节的故事 ……………………………………… 098
- 可爱的瑞典人 ……………………………………… 100
- 可爱的意大利人 …………………………………… 102
- 美国人的宗教 ……………………………………… 104
- 美国人如何度假 …………………………………… 106
- 美国西部的神话 …………………………………… 108
- 美国内华达州的游乐场 …………………………… 110
- 瑞典的风俗 ………………………………………… 112
- 食在意大利 ………………………………………… 114
- 意大利的男性 ……………………………………… 116
- 市郊的美国人 ……………………………………… 119
- 斯堪的纳维亚的酒文化 …………………………… 121
- 苏格兰传统体育 …………………………………… 123
- 为什么美国人喜欢枪支 …………………………… 125
- 维也纳：音乐之乡 ………………………………… 127
- 沃尔特·迪斯尼的动画王国 ……………………… 130
- 西方的婚礼传统 …………………………………… 133

篇名	页码
到底谁耍谁	135
意大利人与教堂	136
英国的休闲方式	138
英国公学	140
英国人的度假习惯	143
英国人的肤色	145
英国体育运动	147
愚人节的趣闻	149
十二生肖迎世博	151
最美乡村医生	154
新编杞人忧天	156
老爸的手机	157
病床前的孝子	159
爱诗的小鬼和聪明的太太	161
荞麦的果实为什么是黑色的？	166
穷女人和她的小金丝鸟	168
没有人愿意贫穷	170
父亲与我	172
鲁迅与比目鱼	176

趣言幽默篇

老师问:"小朋友们,大灰狼喜欢吃哪种小朋友呢?"

小朋友们异口同声地说:"是一个人在路上走的。"

老师又问:"为什么呢?"

一个小朋友举手回答:"因为一群小朋友太多了,大灰狼吃不完……"

可旁边另一位小朋友嚷道:"你真笨,吃不完不会打包吗?"

——摘自《聪明的小朋友》

趣言幽默篇

白忙一场

动物园里召开征兵动员大会，要求凡是年龄合格、没有残疾的动物都要踊跃当兵。征兵第一关是体检，每个动物都必须参加。

兔子不愿去当兵，它在去体检的路上边走边想：如果自己是残疾该有多好！它想啊想，灵机一动，忍着万般疼痛把自己两只长长的耳朵给折断了。果然，一到体检站它就被体检医生退了出来。

猴子见兔子如愿以偿，心里十分羡慕，因为它也不想去当兵。于是它也学兔子的样，把自己那条长长的尾巴折断了。结果，猴子也被淘汰了。

大黑熊看到猴子和兔子兴高采烈的样子，忍不住掉下了伤心的泪水。它对猴子和兔子说："你们要帮帮我，我也实在不愿意去当兵呀！"

猴子和兔子一听，顿时犯了难：大黑熊没有长长的耳朵，也没有长长的尾巴，怎么帮它呀？它们想呀想，最后还是猴子机灵，对大黑熊说："有办法了，你不要怕痛，我们把你的门牙砸断，这样你变成残疾，不就不用去当兵了吗？"

大黑熊一听，这是个好主意，赶紧点头。

猴子和兔子于是就动手砸大黑熊的门牙，它们用了九牛二虎之力才砸下来，把大黑熊的嘴都砸破了，血滴了一地。不过，总算完成了任务，大黑熊对猴子和兔子感激不尽。

第二天，猴子和兔子去拜访大黑熊，想知道它体检结果怎么样，不料大黑熊一见到它们就捂着嘴哭。猴子和兔子忙劝它说："别哭，别哭，到底怎么回事？你要去当兵了？"

大黑熊伤心得直摇头:"没……没……"

猴子和兔子很奇怪:"那不是挺好的吗?喔,你一定是为丢了门牙难过吧?可你要想得到,总得付出吧?"

谁知大黑熊一听它们这话哭得更伤心了:"你们不知道,昨天我去体检,刚进门,医生就对我说:'你太胖了,不符合要求。'早知道这样,我还砸什么门牙!"

义女商三官

这是《聊斋志异》中的一个故事，说的是山东诸葛城，有个窈窕淑女，名叫商三官。她的父亲商士禹在本城举人马天佑府上教书。早出晚归，合家生活虽不富裕，却也和睦融洽。那个马天佑举人倚仗权势，在诸葛城强取豪夺，独霸一方，他听说商三官聪明美丽，竟厚颜无耻地向商士禹提出娶他女儿做妾的想法。商士禹严词拒绝，这可惹恼了马天佑，要撵走商士禹。商士禹大声喊问："举人公，你读圣贤书，应知周公礼。请问，我有何过错，你却如此粗野地撵我出去？"

马举人驴脸铁青，一见商士禹向他冲来，不由分说，举起手中茶盅猛力击去，不偏不倚，正打在商士禹太阳穴上，商士禹哀嚎一声，扑地身亡。马举人俨然无事，吩咐仆人说："商士禹不识抬举，死了算啦！拖出门去，抛在路旁！"仆人们依言行事。路人见了，敢怒而不敢言。

商家听到凶讯哭得死去活来；儿子礼臣发誓要扳倒马天佑，为父伸冤。然而知县早已收了举人贿赂，礼臣点上告无门，家产倒卖至尽，但他仍准备上京再告。

三官跺脚说："京城里也不见得有个'包公'，等着你。算啦，不要告了！"三官说后两眼直瞪瞪地呆在房中，不说不动。当天晚上，这位美丽倔强的姑娘竟然不见了。商母虽然央人四处寻找多天，但终不知去向。半年过后。有一天，地保带着府衙的两个差人来传礼臣，说是去认尸。礼臣吃了一惊，忙问："谁的尸？你妹子呗！"差人说。礼臣听后，脑袋一晕，几乎栽倒。

礼臣随即转身进屋，禀明染病在床的母亲，只说妹妹有了消息，就紧跟地保和两个差人走了。一路上他想：尸首究竟是否三官妹？妹妹究竟是自尽还是害？

原来事情发生在马天佑举人家里。那天，马举人五十做寿，宾客盈门、热闹非常。他邀本地名艺人孙淳前来献艺。孙淳还带来王成、李玉两个徒弟。那王成唱起曲来，婉转动听，使人着迷。这李玉皮肤白嫩、体态温存，两只闪光的大眼，惹人注目；一对俏皮的酒窝，逗人喜欢。马举人对李玉看得出了神，一味催促："唱吧，快唱！"

李玉实在拗不过，只得陪笑说："我真不会唱曲，就让我唱段家乡小戏吧！"

马举人越听越爱听，越看越喜欢，心里痒痒的。酒过三巡，客人散去后，只听他吩咐孙淳说："你们不妨领赏去吧！让李玉留下陪我。"孙淳答应着，带了王成退出。

李玉先倒一杯香茶，又削梨给举人醒酒，弄得举人眉开眼笑，心花怒放，不断对李玉动手动脚，猥亵挑逗。李玉只是含笑，不迎不拒，只把两眼瞟着屋内那几个仆妇。马举人会意了，一挥手，仆妇全都退了出去。李玉这才笑容满面，走过去轻轻把门关上，上了门闩，熄了灯火……

也不知隔了多久，有个老仆听得上房"咕咚"一声，像有什么沉重的东西从高处砸在地上一样。他直奔上房，拼命叫喊了两声："老爷，老爷！"没人答应。他敲门打窗，连喊带叫，仍无回声。这时，其他仆妇也都闻声赶到。

大家一合计，踹开房门，掌灯一照，但见床上血泊中，躺着马举人的尸体，胸上还插着一把明光锃亮的短刀。李玉也已悬梁自尽。

仆妇们赶紧报进内宅。举人府里妇孺老幼一拥而出。他们跑到上房一看，都吓傻了，这时，只见四姨太拉长脸孔，怨声怨气地说："还不快把老爷装殓，这小子的死尸快给我拉出去！"

两个胆子大些的仆人动手来抬李玉尸体。那抬脚的仆人觉得死

者鞋子里空荡荡的。他随手一拉，鞋子脱了下来，露出三寸金莲，原来是个女子。

既是女子，为何女扮男装？为何杀人不逃，反而悬梁自尽？一时乱哄哄，大家猜疑不定。还是四姨太有主意，她吩咐："快去把她那师傅找来！"

不一会儿，仆人把孙淳带到马府，四姨太怒容满面，像放连珠炮似的厉声问道："李玉是你的徒弟吗？是你把她带进府来的？是你教她女扮男装来谋害老爷的吗？"

孙淳连称："太太息怒。李玉跟小的学艺还不到半月，这次来府上给老爷庆寿，小的本不让他来，可他执意要跟小的来见见世面。小的想，这孩子还乖巧，准能讨老爷喜欢……"

四姨太厉声喝到，"住口！我只问你一句话：这女子究竟是谁？"孙淳回道："小的徒弟李玉，是个男子，不是女子。"四姨太一拍桌子怒斥道："倒推得干净，是男是女你去看来！"孙淳心犯狐疑，揭开尸体盖布一看，见李玉仿佛含笑睡去，再看金莲如钩，明明是个女子。孙淳只好跪在地上，磕头如捣蒜，颤声说："太太，小的实在不知……"

孙淳继续说："太太，这女子内衣全是素服，想必父母死了不久；或许这女子与府上有深仇大恨？"四姨太一拍桌子，猛地站起身来说："哎呀，莫不是商家女子！"

她立即吩咐老仆，赶快报官，拘捕商家，为老爷报仇。知府亲自带领差役来马家察看现场，命仵作验过男女二尸，传审了马家仆妇，再派差役去传讯商礼臣。

礼臣被带到马家。一看，女尸果然是他的妹妹商三官，不由得"哇"的一声哭晕倒地。

在知府案前，礼臣说妹妹已离家半年，不想如今在此见面！又说母亲因想念妹妹已入膏肓，回去如何向母亲回禀？说着说着凄然痛哭起来。

知府完全清楚商马两家结仇的由来，十分赞赏商三官，认为治下有了一位孝烈侠女，就当场下谕："商三官为父报仇，杀人自尽，一命抵一命，与他人无关，前事后事，一律不再追究！"

后来，当地百姓集资在十字街头给商三官立了个石牌坊。正中横匾撒金蓝字，刻的是"孝烈英侠"四个大字。虽已年深月久，但有群众保护，至今还巍然挺立在诸葛城中。

"铁娘子"步入政坛

撒切尔夫人原名玛格丽特·罗伯茨，1925年生于英国林肯郡的格兰瑟姆镇。父亲是个杂货商，母亲婚前做过裁缝。全家笃信基督教。玛格丽特童年生活的天地是狭小而闭塞的，只有教堂是她经常可去的地方。所幸父亲虽读书不多，却很关心两个女儿的教育。当他发现玛格丽特比她姐姐更有潜力时，便着力培养，让她接受更多的教育，并常告诫她：凡事要有主见，不可人云亦云；遇事切不可说"不会"或"很难"。

严格的家教，使玛格刚满11岁就获得了"郡少年奖学金"，进入了令人瞩目的凯斯蒂文女子学校。她并非天资过人，只依靠勤奋好学，考试总是名列前茅。但她往往形单影只，因为她不愿和毫无主见、只会咯咯傻笑的女生交往。

就在玛格丽特上小学时，父亲当上了镇上的议员和市长，同时也是一名布道士。父亲频繁的政务和教务活动，使玛格丽特自小就习惯了游说和竞选生活。妃她常常随父亲去听演讲，有时还去法院旁听审案，使她对律师诉讼也有了兴趣。

在父亲的鼓励和督促下,：下，1943年夏，她获得了英国最高学府牛津大学的奖学金，不过因受当地一位学物理的首席法官的影响，她选择攻读化学专业。从此，她走出了格兰瑟姆小镇，奔赴向往已久的牛津大学。

在牛津这个新天地里，开始她也显得孤独。她的一本正经，她的心直口快和幼稚，以及她常也常挂在嘴边的"爸爸说应当如何如何"，都成了一些爱挑剔的同学的笑料。于是，除了上课，她就到实验室去消磨时光。

后来,她发现有一个地方很吸引她,那就是学校的保守党俱乐部。这里曾孕育过一些当代有名的英国首相:麦克米伦、威尔逊、希思等。也常有保守党的名人来此演讲,这些演讲引起她许多思考。她不知不觉地爱上了这个俱乐部。

不久,她喜爱政治、热心服务、擅长演说的特长,终于被人发觉。在三年级时,她被推举为保守党俱乐部主席,成为担任这一职务的第一个女生,后来还得到连任。对此,她非常高兴,认为这是她四年大学生活的最大成就。

1948年秋,她24岁时,在肯特郡达特福市保守党协会主席约翰·米勒的鼓励和推荐下,她报名参加该区竞选怎选,并在第二年3月,正式被确定为该区保守党议员候选人,获得了梦寐以求的从政良机。

从此她如鱼得水,到处游说,结识各分区的活动分子,并开始在一些集会上抨击工党的国有化政策,宣传保守党将全力捍卫保守主义精神,维护和发展私有化,恢复英国的"传统"和"秩序",使选民们逐渐了解了她的政见。

可是,在连续两轮的选举中,她都败下阵来。一个涉世不深的青年女子,要在两党竞争激烈的政坛上占一席之地,仍嫌实力不够。于是她决心学习法律,为步入政坛再创条件。

竞选虽然失利,爱神却钟情于她。在一次竞选宴会上,她结识了丹尼斯·撒切尔,从此两人开始了交往。1951年12月,玛格丽特成了撒切尔夫人,但这丝毫未冲淡她从政的强烈欲望。丈夫丹尼斯也衷心支持她继续攻读法律。

两年后,他们生了一对双胞胎,姐姐叫卡罗尔,弟弟叫马克。小家庭充满欢乐。玛玛格丽特一面勤奋学习,一面尽一切可能帮助保姆照料孩子。同时她还常常挤出时间,为丹尼斯精心烹调可口的晚餐。直到她当了首相,仍乐此不疲。

1959年,她以压倒多数的优势,当选为芬奇莱选区议员。从此,

玛格丽特步入了煊赫的英国政治中心——威斯敏斯特，开始了从政生涯。

1961年，仅在下院工作两年的玛格丽特，却被首相麦克米伦任命为年金部政私政务次官。第二年春，她就年金问题，首次对工党的指责性动议进行答辩，辨问事实详尽，分析透彻，使与会者听得目瞪口呆，全场鸦雀无声。令她抱憾的是，由于麦克米伦政府整个处境不佳，收支严重不平衡，通货膨胀率有增无减，以及内部出现丑闻等等，使保守党在1964年的大选中败于工党。玛格丽特只得和同僚悻悻地搬出了宽敞舒适的伊丽莎白政府大厦。

之后，从1964年至1970年，她先后担任了保守党"影子内阁"的年金事务、财政能源、交通运输、住房和土地，以及教育等方面的发言人。办公的地方虽远不如政府的办公大厦，但却使她了解了许多国情，得到了较全面的锻炼。

1970年，保守党东山再起，在大选中击败工党，重新登台。首相希思决心一展宏图，要为扭转经济颓势，治好"英国病"进行一场"静寸静悄悄的革命"在组阁时，他把教育大臣一职给了玛格丽特。

从此，铁娘子强硬的执政风格初露锋芒。

趣言幽默篇

聪明的小朋友

老师给一年级的小朋友们上安全教育课。

他问大家:"如果坏人要抓你们,你们怎么办?"

小朋友们回答说:"我们就喊'救命'!"

老师点点头,又问:"那么,喊几次呢?"

老师这一问,教室里立刻热闹起来,有的小朋友说"三次",有的小朋友说"十次",还有的小朋友说"一百次"。

老师笑了,告诉小朋友们说:"不管喊多少次,你们都要喊到有人来救才行!"

老师接着又问大家:"坏人就像大灰狼。小朋友们,你们能不能告诉老师,大灰狼喜欢吃哪种小朋友呢?是单独一个人在路上走的,还是一大群在路上走的?"

小朋友们异口同声地说:"一个人在路上走的。"

老师听了,高兴地夸奖说:"对了,小朋友们真聪明!不过,大家知道这是为什么吗?"

一个小朋友立即举手回答:"因为一群小朋友太多了,大灰狼吃不完……"

可是旁边的小朋友一听就嚷嚷起来:"你真笨,吃不完不会打包吗?"

趣言幽默篇

到底谁狠

小区里有两家火锅店，一家叫"天天富"，一家叫"红满堂"。由于门对门，所以竞争特别激烈。上个月，天天富老板将店铺重新装修了一番，又在店门口挂出一个醒目的告示牌，上面写着：本店啤酒一块钱一瓶。这一来，天天富的上座率便远远超过了红满堂。

生意大跌，红满堂老板坐不住了，一咬牙："来本店用餐的客人，啤酒免费喝。"这一招果然也厉害，红满堂的生意转眼就红火起来。天天富老板招架不住了，正发愁呢，伙计小李他想了一个妙招。

只见第二天红满堂刚开店门，就走进来三位客人。初看他们与一般客人并无差别，所以当时红满堂老板并没在意，但是个把小时过后，老板的脸色就不对了。为啥，因为这三个人几乎没点什么菜，就是不停地喝啤酒，不一会儿就喝掉了两箱，而且令人称奇的是，他们喝了还不上厕所。

红满堂的啤酒虽然是免费喝的，可经不起顾客这么来呀，老板只好小心翼翼地上去给他们打招呼："三位先生好酒量！不过……鄙店毕竟是小本经营……"

谁知老板话还没说完，三人中领头的一个就拉开大嗓门吼起来："没这个谱，你干吗要做这个规定？"

另两个也嚷嚷道："我们才刚开始喝，你就受不了啦？知道我们三个的绰号叫什么吗？告诉你，不把这个规定撤了，明天夏大哥就来了！"

老板战战兢兢地问："三位绰号是？"领头的一撇嘴："刘三盆，王二桶，张一缸。"

"那夏大哥、夏先生……"三人齐呼："下（夏）水道！"

趣言幽默篇

高水平演唱

胡经理特别喜欢唱歌，求他办事的人知道他这个爱好，每次请他吃过饭后，都要安排去 KTV 唱歌。唱的时候，大家都变着法子夸他唱得好听，时间久了，他不禁就有点飘飘然起来，自我感觉不错。

这天晚上，有个客户请胡经理吃饭，酒足饭饱之后，照例要请他去高歌一曲。胡经理放开嗓子一展歌喉，先来了一首《在那桃花盛开的地方》，又来了一首《小白杨》。

这个客户过去只是听别人说胡经理喜欢唱歌，亲耳聆听这还是第一回，只见他屏住呼吸，一动不动地坐在那里，一副十分陶醉的样子。胡经理心里很得意，嘴巴上却客套地说："唱得不好，见笑了，见笑了！"

客户赶紧说："哪里哪里，真是余音绕梁，三日不绝于耳呀！"

胡经理听他这么说，高兴得连连摆手："过奖了，过奖了！"

客户说："我看您的水平完全应该上电视！"

胡经理平时听到的奉承话不少，可对他的演唱水平能给予这么高的评价，倒还真是第一次。

回家后，胡经理得意地对老婆说起此事，本想得到几句夸奖，可是老婆却说他："人家是客气，你那水平我还不知道？"

胡经理争辩道："人家说我都可以上电视了，这不是说我唱得好、水平高吗？"

老婆指着他的鼻子哈哈大笑，说："人家当然希望你上电视去唱啊！就你那破锣嗓子，在人家跟前唱，人家受着煎熬却非听不可；可你如果上电视去唱，不想听的话，一抬手就可以把电视关掉……"

搞笑餐馆

一伙朋友到一家不起眼的小餐馆吃宵夜，却没料到经历了一场大欢喜。

他们刚走到门口，一男一女两个服务员就扯起嗓门大吼："英雄四位，雅座伺候！"

一伙朋友刚坐下，服务员就过来了。

朋友中的一个说："先来一个'卤汁猪脑壳'。"

只见那服务员转身就对着厨房喊："来一个'帅哥'！"

朋友们听得一头雾水：猪脑壳怎么成了"帅哥"？

另一个朋友对服务员说："再给我们来半斤'猪拱嘴'。"

服务员又立即转身朝厨房喊起来："来半斤'相亲相爱'！"

服务员喊声刚落，满堂人都哄笑起来。

在这家餐馆里，不但菜肴有搞笑名称，就连那些蘸料和酒类，都有另类叫法。醋是"忘情水"，啤酒等于"梦醒时分"，白酒就是"留一半清醒一半醉"。

服务员见客人对这些很感兴趣，便起劲地介绍说："这些名称都是我们老板给取的，他说取名字要有文化。"

于是，朋友们便提出，要见见这位"文化老板"。

服务员四下里一瞧，冲着一位中年汉子喊道："首长！请首长面见四位英雄！"

"哈哈哈……"又是一阵满堂哄笑。

文化老板应声跑过来，满脸堆着笑，听服务员如此这般一说，干脆把全部菜名都抖了出来："辣椒炒猪嘴"成了"火辣辣的吻"；

"凉拌西红柿"再撒上些许白糖,就变成了"火山下大雪";"清炒莴笋丁"俨然是"星星点灯";至于"海带炖猪蹄",居然被文化老板想出一个充满了诗意的名字,"穿过你的黑发的我的手"。

文化老板每介绍一个菜名,都会引来众顾客一阵开怀大笑。

文化老板见大家的兴致这么高,心里可得意了,一开心,便吩咐服务员:"免费给每桌英雄送一份'迟来的爱'。"

朋友们都好奇地等着这"迟来的爱"是什么东西,结果当服务员端上来一看,笑得更厉害了,原来就是一碟普通的泡菜!

最后,一伙朋友吃完,让服务员拿几根牙签来。

文化老板听到了,随口就溜出一声:"给英雄上几根'拗门'。"

众人一听,又是一阵捧腹大笑。

趣言幽默篇

两道智力题

小雅的姨妈给小雅介绍了一个男朋友，名字叫高明。见过一面后，小雅感觉不太满意，原因是那小子太能吹牛。

回到家，母亲问小雅对高明印象如何，小雅摇头说："不合意。"

母亲就劝她道："这可是姨妈费好大劲儿才为你选来的，你别先一棒子把人家打死，慢慢谈着找感觉嘛！"

小雅是个乖女孩，在母亲面前一向百依百顺，但对于自己的终身大事，她不想听母亲摆布，可又不想与母亲公开对抗。不过她觉得母亲的话不是一点没有道理，于是就又与高明接触了两次，可总觉得难以接受对方。

周末那天，母亲对小雅说："你们已经见过三次面了，今晚你把他带回家来，让我也见见。"

于是那晚，高明就成了小雅家里的座上客。也许是头一次来吧，高明多少有些拘谨，他并没有怎么放开说话，母亲看了挺满意。

后来，母亲故意去阳台上摆弄她那几盆花，留下女儿和高明在客厅里继续交谈。

聊了几句，小雅说："高明，我出两道智力题考考你，咋样？"

高明说："不是吹牛，还没有什么难题难倒过我呢！"

"那好，"小雅说，"我这两道题并不难，主要看你反应快不快。说一个女孩，家里有爸爸、妈妈和奶奶，这天女孩扫地时，发现屋角有条金项链，猜猜看，项链是女孩什么人的？"

"她妈的！"高明大声抢着说。

"谁的？"小雅轻声问了一句。

"她妈的！"高明重复了一遍。

小雅点点头，接着又出了第二道题："第二天，女孩又在地上拾到一只铜耳环，你说，是谁的？"

"她奶奶的！"

"再说一遍！"

"她奶奶的！真是她奶奶的！"高明肯定地回答。

小雅笑了，说："好，我的考试到此结束。"

送走高明，小雅狡黠地看着母亲，问道："妈，你看高明咋样？"

母亲叹口气，直摇头，说："这小伙子，我开始看他挺不错，人长得帅，举止也文雅，可话说多了咋粗话就出来了？雅儿，你要是不满意，我看干脆就别和他谈了，妈不勉强你。"

猎人找揍

有个猎人进山打猎，一枪没打中狗熊，反而被狗熊摁住了。狗熊问："我是把你吃了呢，还是揍你一顿？"

猎人当然选择被揍一顿，于是就挨了狗熊一顿痛打。

猎人心里很窝火，决定第二天进山找狗熊报仇，可是由于枪法太蹩脚，结果没打中狗熊，反而又被狗熊摁住了。狗熊问他："我是把你吃了呢。还是揍你一顿？"

猎人只好说："你揍我吧。"于是猎人又被狗熊一顿狠揍，这回伤得不轻。

养好了伤，猎人想想还是忍不下这口气，就进山找狗熊报仇，可没想还是败在了狗熊手上。没等狗熊开口，猎人就赶紧说："你揍我一顿吧！"

狗熊火了："你是打猎来的，还是找揍来的？！"

趣言幽默篇

美食家斗法

别看阿山今年才25岁，可他天生就是个美食家，尤其擅长品鸭，蒸、焖、炸、炒、熘、卤，无论你用哪种法子烹饪，他都能说得头头是道。

阿山隔壁住着一户陈姓人家，陈家的女儿小珠是城里出名的美人儿，阿山早就在打小珠的主意了。有一天，阿山对陈家主人陈清说："大爷，随便你怎么考我，我要是输了，我就永远离开这里；我要是赢了，你就把小珠嫁给我。怎么样？"

陈清知道女儿小珠不怎么喜欢阿山，可阿山有本事啊，女儿嫁这样的男人有什么不好？于是就点头答应了。第二天，他把阿山叫到家里，亲手做了两只香喷喷的烤鸭，要阿山说出这两只烤鸭有什么不同。

阿山分别在两只烤鸭身上撕下两块肉，尝了尝，咂咂嘴说："左边这只是公鸭，右边这只是母鸭。"

陈清点点头，又问："还有呢？"

阿山说："左边的公鸭是在田野里放养的，右边的母鸭是饲养场里喂养的。"

陈清见阿山果然厉害，正要认输，小珠来了。

小珠对阿山一笑，说："这么容易就想把我娶走？"

阿山很得意："你不服啊？"

小珠说："我想再考考你，还是考有关鸭子的。"

阿山乐了："好啊，说个时间吧！"

小珠说："那就三天后，还在我家！"

这三天可把阿山急死了，他单等着赢了好把漂亮的小珠娶回家呢。为了做到万无一失，他这三天可没闲着，每天不是琢磨各地鸭子的特点，就是寻思各种调料的运用。

到了第四天，一大早，阿山就踏进了陈家的门。小珠也不啰嗦，去厨房里忙了半个小时，端出一盆清炖鸭汤，嗬，那色，那味，那叫美！

阿山用勺子舀了半勺汤，只一尝，就肯定地说："你少放了鸭心，所以这汤的味道还差了点儿。"

小珠点点头，第二次进厨房，半小时后，她又端来一盆清炖鸭汤。

阿山一尝，说："这次你少放了鸭肠，味道还是差了点儿。"

小珠无奈地摇摇头，又去厨房。

待第三盆鸭汤端出来，阿山还是评价不高："你这回少放了鸭血。"

小珠皱眉想了想，又要进厨房。

阿山忍不住了，说："我可不能让你一直这样考下去，我给你最后一次机会，这回我如果说对了，你可要守约嫁给我！"

小珠点点头，过了大约20分钟，她从厨房里端出来第四盆鸭汤。

阿山用勺子一舀，得意地对小珠说："这次怎么炖的时间短了？是不是打算认输了？"

小珠冲他一笑："你还是品过味儿来再说吧！"

阿山于是就舀了一勺汤，放进嘴里品味儿。

这一品，他不由皱起了眉头：这汤除了原有的鸭香味，还有一股他从来没有尝到过的特别味道。阿山吃不准，就又舀了一勺放进嘴里，可尝了尝，还是吃不准这是什么味儿。阿山的脸上开始冒汗了，他不停地喝，不停地尝，不知不觉，一盆汤让他喝了一半多，一只窝脖儿清炖鸭已经露出了大半个，可他还是没尝出来小珠在这鸭汤里到底少放或者多放了什么。

阿山觉得很不好意思,他对小珠说:"我恐怕……要吃一点肉才能……"

小珠看他这副狼狈样,"格格"地笑着,说:"你吃吧,随你吃多少都行!"

阿山于是就用筷子在鸭背部夹了一块肉,放到嘴里细细嚼。这下他觉得嘴里鸭肉的香味是浓了,但那股从来没有尝到过的特别味道也更浓了,最后阿山还是没尝出个结果来。

阿山不免有点尴尬,对小珠说:"我想在鸭胸脯上再尝最后一块肉,要是说不准,我就认输。"

小珠笑着说:"行,随便你尝哪里都可以。"

阿山于是干脆把筷子一丢,一只手把住鸭背儿,一只手把清炖鸭来了个肚子朝天。他刚想在鸭胸脯上撕一块肉下来,定睛一看,不由一愣,紧接着胃里就是一阵翻江倒海:"天哪,这鸭根本就没有开过膛啊!"

占小便宜吃大亏

汤斌（1627～1687年），字孔伯，号荆砚，晚号潜庵，清初理学名臣，被称为"卓然一代完人"，谥文正，睢州（今睢县）人。汤斌一生，以清廉刚正、敢言直谏闻名于顺治、康熙两朝。顺治九年（1652年）中进士，授弘文院庶吉士，历任国史院检讨、陕西按察司副使、江西布政司参政、翰林院侍讲、《明史》总裁、内阁学士兼礼部侍郎，以右副都御史巡抚江南，官至礼部尚书管詹事府事，再充明史馆总裁。他居家清贫，为政清廉，是清初的著名廉吏。

清人沈起凤《谐铎》记载了汤斌的一件轶事：

江西南昌某生，因其父任国子监助教，随父亲在北京居住。有一次他路过延寿寺街，见路边书摊上有一个年轻人要购买一部《吕氏春秋》，正在那里数铜钱。一不小心，那人掉下一枚铜钱。某生见状，立即凑上前去，悄悄地伸出一只脚把钱踏住。为掩饰其所作所为，他装出悠闲自得翻捡书的样子。年轻人买好书走后，某生立即弯腰把钱捡了起来，顺手揣进兜里了。某生自以为得计，孰料，在书摊旁边就坐着一个老头，将此事看得一清二楚。正当某生准备抽脚走人之际，老头忽地站了起来，冲某生拱了拱手："借光，尊驾贵姓，名讳如何，仙居何处？"某生感到莫名其妙，但还是如实地向老头讲明了。老头冲着某生冷笑两声，头也不回地离开了。

某生得其父之助，在国子监读书，成绩挺不错，被选去当抄录员，经过几次官方组织的考试，被任命为江苏省常熟县尉，即将负责一县的治安。某生非常高兴，收拾行李，告别父母，一路南下，直抵江宁（今江苏南京）。按照惯例，地方官员上任时，都要拜见一省最高军政长官，领受教诲。当时主政江苏的巡抚是河南睢州人汤斌，某生前往晋谒，连递名刺（名片）十次，始终没有受到巡抚接见。后来，巡捕官找到某生，传达了汤巡抚的话："某生不必去上任了，你的名字已经被列入受弹劾的奏章上了。"某生一听，如当头浇了一盆凉水，从头凉到底。他惊问巡捕官："究竟为何受弹劾？"巡捕官说："汤大人传话：你因为贪污受弹劾。"某生感到蹊跷，也感到冤枉：我是头一次做官，哪里有什么贪污问题，一定是上司弄错了。他坚决要求当面申诉，洗清这不白之冤。巡捕官回府向汤斌如实汇报情况，汤斌听后，命巡捕官："你再去，传我的话，问一下那个人：你难道不记得当年在北京街头书摊上的事吗？你那时还没有博取功名，还是平头百姓，看到一个小铜钱就要捞到口袋里。如今侥幸当上县尉，还不拼命搜刮，成为一个戴乌纱帽的盗贼吗？你识相点，快些交出吏部颁发的委任状，免得使你管辖下的老百姓哭鼻子。"某生这才明白，当年叩问他姓名的老头，就是现在的江苏巡抚汤斌。既然如此，那就啥也别再说了，他当即交出委任状，羞惭万分地辞官而去。

乍一看，汤斌有些小题大做，因为枚铜钱断送了一个人的前程。再细加思索，汤文正公是于细微处见精神，由小见大。刘备遗嘱云：勿以善小而不为，勿以恶小而为之，这话是颠扑不破的真理。

趣言幽默篇

读书人生，趣味人生

——快乐公主

一阵春风捎来了一缕馨香，一朵花开绽放了一抹璀璨，一片云彩围绕了一段缤纷，一路星光寄来了一份念想，一轮皓月愉悦了一生好景！

春花秋月何时了，往事知多少？春花开秋月圆却是人间最美时刻，此时节正值春花烂漫，人间芳菲。年少时候，偶读李后主这阙虞美人，当时就被他那词里优美、生动、明净的语言深深吸引了。从此爱上了读书一发不可收拾！

我读书比较杂，并无目的的去选择什么，亦不会系统的去考虑。属于那种比较随心情阅读吧。常常是看到有吸引自己兴趣而继续阅读下去的。一些被推荐阅读的中外名著我也曾有翻阅品读过；一些时尚杂志类期刊常常置于我的枕前茶几边；还有一些如《梦溪笔谈》杂书笔记类书也会翻翻看看。那些令人心情轻松欢愉的女儿漫画书，我也会嘻哈看上它一盏茶的功夫。也常常溢于古典文学沉醉其中而不知归路了。

读书，自己也总结了一些经验，至少有几个好处的。第一，是很好的休息和放松方法。第二，可以增长知识，提升自己的阅历。第三，阅读不同国籍作家的手笔，也让我更多地认识了世界。第四，通过读书让我们从书中感悟一些人生哲理，静怡着一份性情！

于生活中，日子一天天的过，书而要一页一页地读。生活中难免会遇到困惑，孤独惆怅时，而书是我们召之即来永远不倦的朋友。读书，让我果断和充满自信；读书，让我开阔了眼界，拓展了胸怀。

当我彷徨失意时读书,让我知道即使伟人曾失意彷徨时刻。从哪里跌倒哪里爬起,抖落满身的尘埃,继续前行……

当我困惑无解时读书,让我知道书里就有我要寻得的答案,令我茅塞顿开。思考中体味里,事态人生都有其正反两面性.凡事都要分开了看问题,不能一味的跟着感觉行事。

当我心宁气静时读书,让我知道天外有天人外人,世界很大的.不同的民族有着不同的风情.我们自己只是广袤沙漠中的一沙粒。浩瀚沧海中一粟。

通过读书我知道了,一些书论和画论也能悟出个中道理。读包世臣《艺舟双楫》:"吴兴书笔,专用平顺一点一画,一字一行,排次顶接而成。古帖字体,大小颇有相径庭者,如老翁携幼孙行,长短残差,而情意真挚,痛痒相关。吴兴书如士人入隘巷,鱼贯徐行,而争先竞后之色。从见面,安能使上下左右空白有字哉!"此论调为写字,而于我们写小说、散文各部分,应该"情意真挚,痛痒相关"这样才能做到形散而神不散"。

毕淑敏曾有文,好女人必读书。其言于读书定为:好书对于女人,是家乡的一方绿色水土。离了它,你自然也能活。但与书隔绝的日子,心无家园。半生过下来,女人就变得语言空虚,眼神恍惚,心地狭窄见识短浅了。

喜欢读书,就只是喜欢了。并不为取得悦人什么知性的魅力,而考虑只是偶尔立于人群聊天时,别落入了俗套肤浅之中罢了。静怡着一份性情,让自己于时光中成长,慢慢变得成熟,变得更加自信。让内心变得足够强大。

互联网的应运而生,让网络文学如雨后春笋般悄然成长。突破了以前的传统学习方法而带来了更加便捷的方式。电子书籍,网络小说,网络散文等各种文学体裁,轻轻一百度,就能获取阅读的机会。各种学习的网站给这快节奏的社会另一个全新的便捷呀!

一次偶然的机会,于去年让我接触到了楹联知识。就深深被吸引而喜爱起来。说来对联和诗歌,散文,小说同为文学体裁的一种。

至今也有了一千多年的历史，若说"诗言志，画寄情"，那对联则是寓情志与其中了。我犹如一块干干的海绵，于知识的海洋中去吸收无穷知识而乐不思蜀的。

"新年纳余庆，佳节号长春。"这就是我国最早出现的一幅春联。宋后，新年悬挂已相当普遍。记得王安石诗中"千门万户曈曈日，总把新桃换旧符"之句子，就是当时盛况的真实写照。又由于春联出现和桃符有着密切关系，故而，古人又称春联为"桃符"。在对联学习中，于我印象最深刻的那句"莲子心中苦，梨儿腹中酸"莲为怜谐音，梨为离谐音。这是清著名文学家金圣叹因哭庙案被杀，临行前同其子女告别而作的一副对联。这属于冷色调调。我又为了去深入的了解当时作者的写作背景和故事原委，而翻阅了书籍和搜索相关的知识。古人把吟诗作对相提并论，在一定程度上反映了两者之间的关系。有人把对联称为张贴的诗，其实不然，联不同于诗。他只有上下两联，较诗更加精炼灵活得多。

通过学习，让自己的生活充实而快乐！这正是"书山有路勤为径，学海无涯苦作舟。"知学习苦并快乐着。

闲言话说了我学对联的一些学习背景，再来啰嗦些我最喜爱的诗词文化。于诗词学习中，我只是一个初学者，接触诗词不过一年有余，只是一个学生。于平仄中趣味着一份心情。常遇到很多诗词爱好前辈和老师们给予的指点和修改，是他们的无私和奉献，让我们这些即喜爱又是初学的学生能得到正确的引导。感叹感激不尽呀！

中华诗文学，源远流长。在各种诗歌类题材中最为辉煌的有两种。一当属唐诗另一为宋词！也可说，唐诗宋词就是中国传统诗歌的象征性代表。唐诗典型体裁就是近体诗，而这宋词就是我们所说的律词。之所以成为唐诗宋词，源于他们分别兴旺这两朝代，并涌现了大量优秀的作品，也直接影响了中华诗歌文化千年走向和发展。以其朝代称呼是对那时辉煌时代的尊重。那如今我们写什么七律呀，七绝，五绝的，同样可以称为唐诗，填词"如梦令""蝶恋花""临江仙"等等，同样可以称为宋词的。

说来道去，其实诗词为厚学。要不断的知识积累和学习增加自己的文化底蕴才行。我实乃尚肤浅得很。于学习和朋友们交流中，常常听到老师们说到：词为音乐文学，其美学意义重在雅俗共赏。调与情相结合，情与调相应，为情思相寄托的诗体。

　　于网络中，我也常常听到一些老的话题？那是什么呢。就是古典诗词是使用新韵还是旧韵呢，我也常遇到朋友们不断探讨新韵还是古韵好的问题。我只是在这里阐述一个个人的观点而已，无意冒犯他人的论调的。中华新韵的产生，你若学不来古韵那就去用新韵呗，喜欢古韵就用心学习古韵。于我内心里感觉，古典诗词要用古韵更有些道理的。前文化部长蔡武曾就关于反"三俗"做出了自己的言论。引其话，来做个借鉴的。

　　"蔡武说，我们究竟如何对待传统文化？过去很长一段时间，有些人全盘否定传统文化，新的比旧的好，现代比古代的好。这显然是一种民族虚无主义的观点，是数典忘祖'言必称希腊'，他还说，在对待传统文化态度上，'一要新村敬畏，二要心存感恩'于我也深深认为如此的。

　　读书是永恒的香味。苏轼曰：腹有诗书气自华。就是指书中博彩百家之灵气，荟萃了文化之精髓，古今中外，万千气象只集其中。读书足以陶冶人的情操，历练人的性情，厚实人的底蕴，纯粹人的精神。常读书的人，锦心绣口一言一行一颦一笑都受书熏陶渐染。书的灵透雅致睿智，穿越岁月尘烟，浸润读书人的心底，使之超然脱俗。

　　我喜欢读书，春花秋月皆入我的笔端。看花想赋诗，赏月想留墨，观云想抒怀，听风想低吟……

　　书是我心灵的伴侣。

　　读书人生，趣味人生。

年轻 20 岁

老冯一个人在酒馆里一口气喝了五瓶二锅头，心里还是堵得慌。为什么？昨天老同学聚会，人家老婆个个年轻漂亮，相比之下自己老婆又老又丑，实在上不了场面。

老冯心里正闷闷不乐着，这时候，突然从他喝过的空酒瓶里跳出一个两寸高的小矮人来。

老冯吓了一大跳，结结巴巴地问："你……你是什么东西？"

小矮人笑着摇摇头，说："我不是东西，我是小酒神，因为喝酒误了事，玉帝罚我三天不准喝酒，可我酒瘾上来了实在难受，所以刚才在你这里偷喝了一点。不过。我不会白喝你的酒，说吧，我可以满足你一个愿望。"

"真的？"老冯来精神了，趁机开口说，"那……你能不能把我老婆变漂亮一点？"

"没问题。"小酒神"叽叽咕咕"念了一番咒语，朝老冯扮了个鬼脸，"你赶紧回家去看看吧！"说完，就钻进酒瓶不见了。

老冯将信将疑地回家，一看，老婆果然变得艳若桃花。他心里后悔得要死：如果和同学聚会前老婆就变成这样，那该多好！

过了一些时日，老同学又要聚会了，老冯嫌老婆脸蛋是比以前漂亮多了，可还是老了点，他脑子一动，就又去了上回那家酒馆，一口气要了十瓶二锅头，瓶瓶开着盖子，等小酒神来喝。

大概是他的诚意感动了小酒神，小酒神终于来了，而且好像猜透了老冯的心思，对他说："我现在不缺酒喝，所以以后也不会再来了，这是最后一次。你想清楚，你希望你老婆比你年轻几岁？"

老冯心里琢磨开了：老婆和自己同年，今年已经40整了。到底年轻几岁好呢？5岁？太少了；10岁？还是少；20岁差不多吧，不能再小了，再小老婆就成闺女了。

老冯开口说："就20吧！"

小酒神于是就"叽叽咕咕"地念了一番咒语，然后和老冯告别了。

老冯兴冲冲走出酒馆去理发店，准备好好把自己也打扮一下，明天夫妻双双给老同学们一个全新的印象。谁知他踏进理发店，往镜子前一坐，差点晕过去：镜子里，自己变成了一个满脸皱纹的60岁老头。

趣言幽默篇

女人的味道

这天，电视连续剧播映间隙的时候，跳出一家香皂厂做的商品广告："荟丽香皂，女人味道。"

七岁的晓力觉得很好奇，小眼睛眨了又眨，然后神秘地问坐在身边的奶奶："奶奶，女人究竟是什么味道呀？"

她这一问，把老奶奶给问蒙了，真不知道该如何回答是好，于是就说："奶奶不懂，还是去问你妈妈吧！"

晓力扭过身来摇摇妈妈的肩膀："妈妈，电视里说，'荟丽香皂，女人味道'，女人到底是啥味道呀？"

妈妈被她这一问，也问傻了眼，想了半天也不知道怎么回答，只好对晓力说："你爸爸学问大，问你爸爸去！"

晓力爸爸这时候正在书房里忙着，晓力跑到爸爸跟前，说："爸爸，妈妈要你回答我的问题，女人究竟是什么味道？"

晓力的爸爸是大学教授，他略一思考，给晓力点拨了一条思路："乖孩子，你数数咱家有几个女人呀？"

晓力一数："奶奶、妈妈、姑姑，还有我，一共四个呀！"

"那好，你一个一个地想想，她们都是什么味道？把这些味道加起来，不就是女人的味道了吗？"

晓力觉得爸爸说得很有道理，小眼珠一转，就认真思考起来。

爸爸看晓力这样子，笑了，启发她说："你就先说说奶奶吧！"

晓力想了想，说："楼上的人都说奶奶这辈子很苦，她以前一直在山村里，我想她一定是苦的味道，对吗？"

爸爸点点头："对呀，你说得很对。你自己呢？"

晓力说:"你们老说我是在蜜糖罐里泡大的,我想我肯定是甜的味道。"

"那你姑姑呢?"

"姑姑人家都叫她'小辣椒',那她就是辣的味道了。"

"好。现在就剩下你妈妈了。说说看,妈妈是什么味道?"

晓力想了半天,实在想不出妈妈是什么味道。她小眼珠转啊转,小脑瓜想啊想,突然拍着双手大叫起来:"有了,有了!爸爸,我想起来了,那天你和妈妈吵架,你说妈妈总爱吃醋,醋是酸的,那妈妈肯定就是酸的味道了。"

晓力这一说,逗得全家人都笑了起来。

好一会儿,爸爸才收住笑声。爸爸对晓力说;"乖孩子,你现在把奶奶、妈妈、姑姑和你自己的味道都搞清楚了,那么把它们加起来,不就是女人的味道了吗?"

晓力如梦初醒:"啊,原来女人的味道就是酸甜苦辣呀!"

趣言幽默篇

人家干啥咱干啥

四眼的老婆挺能跟样，常挂在嘴边的一句话就是："人家干啥咱干啥。"

这一阵，她看对门人家的男主人天天去菜场买菜，于是便闹着要四眼也学学样。四眼向来"妻管严"，买就买呗，于是每天下班后便拐到菜市场，拎了一篮子的菜蔬果瓜、肉蛋鱼虾回来。

这天，四眼买了菜回家，手里的菜篮子还没放下，老婆就急着盘问起菜价来。四眼朝她眨巴着眼睛：莫非又要出新花样了？

果然，老婆是嫌他菜买贵了："你看对门，人家买的虾个大货鲜，一斤还比你便宜五毛。黄瓜人家买六毛，你咋买八毛？嫌钱扎手急着扔了是不是？"

连着几天，老婆天天与对门比菜价，比来比去，越比脸拉得越长。四眼心里着急，得想法子让老婆的脸"阴转多云"呀！想来想去，到底被他想出了办法。

这天下班，四眼在菜市口躲着，见对门那男的过来了，就悄悄跟了上去。男的买什么，他也买什么；男的买什么价，四眼就盯着这个价。

回家后，四眼扬扬得意地把盯来的菜价报给老婆，满以为老婆今天无话可说了吧，可万万没想到还是被她数落了一番，硬说价钱没人家买的便宜，东西也没人家的好。

这怎么可能呢？四眼当然想不明白了，可又不敢说出自己跟踪人家的事。于是第二天下班，他又在菜市口等着，见人家过来了，硬着头皮上前讨教。

谁知人家竟摸着脑袋不好意思地笑了，讪讪地说："不瞒你说，我是每次回去故意把价报低了的。过日子嘛，一家人不就图个和和气气？老婆高兴了，家里的日子才有滋味嘛！"

原来如此啊！四眼这才恍然大悟，只是感慨以后得把自己的"外快"钱贴进菜价里去了。不过他脑子转得快，当下索性与对门男的约定，以后怎么给自个儿的菜篮子定价，于是两个人便都有了各自回去向自己老婆表现的机会。

哈哈，这招还真顶事儿，没到一个月，四眼就从老婆那里得到了一条"阿诗玛"烟的奖赏。据说，对门的"回报"也不错，奖励的那瓶酒价格绝不在"阿诗玛"之下。

趣言幽默篇

啥叫聪明

父亲叫兄弟三个去挖菜。此时正是三伏天，烈日当空，才挖一会儿，老二、老三就汗流夹背了。兄弟俩回头一看，见老大在树荫下睡觉。心里很生气：凭什么咱们干活，他却可以在那里睡大觉！

老二走过去，质问老大："你凭什么可以不干活？"老大睁开眼睛，懒洋洋地扫了老二一眼，说："凭什么？就凭我比你们聪明。"

老二很不服气："我们哪里比不过你了？"老大鼻子里"哼"了一声，说："你不服？那我们来试试。"他说着站起身来，举起右手贴在树干上，对老二说，"你来打我这只手试试。"

老二想也没想，抬手就打了上去。可是他的手只打在树干上，老大早已经抢在他落手之前，把自己的手抽了回去。老二痛得龇牙咧嘴，老大得意扬扬地看着他，说："怎么样，这就是我比你聪明的地方。"老二没话说，灰溜溜地回到老三那里。

老三问他："怎么样，他都说什么了？"

老二揉着手说："他说他聪明，而咱们不行。"

老三很不服气："凭什么他有咱们就不行？你说，这'聪明'到底是啥东西呀？"

"这不是说说就能明白的，"老二说，"这样吧，我来给你演示一下。"他四下里看看，没有树呀，于是便把右手贴在自己脸上，叫老三来打，就在老三的手要打过来的时候，他学着刚才老大的样子，突然把自己的手一抽。

"啊！"只听老二一声惨叫，其结果当然可想而知，老二的脸立刻肿得比南瓜还大。

生物学家的奇遇

小王是一位生物学家，专门研究基因工程。

一天，他突发奇想：要是把猫和狗的基因复合在一起，制造出一只"猫狗"来，那样的话，它就既能像猫一样捉老鼠，又能像狗一样看家护院，这样的"猫狗"肯定会大受欢迎，自己岂不也能从中赚上一笔？

小王说干就干，马上付诸行动。经过一段时间的辛勤开发，他家的母猫果真顺利地产下了一只"猫狗"，取名"多多"。接下来的几个月里，小王完全把心思放到了多多身上，简直比照顾自己生病的老娘还要细心。

转眼间，多多渐渐长大，该开口叫了。按理说，多多应该是精通猫和狗两种动物的语言，可它却像个哑巴似的，一天到晚一声不吭。

这一天，小王突然觉得屋里有蚊子"嗡嗡嗡"的声音，他竖起耳朵细细一听，发现这声音好像是从多多窝里传过来的，于是立刻跑过去看。

一看，他被眼前一幕惊呆了：天哪！多多正张牙舞爪的，嘴巴里发出一阵阵"嗡嗡嗡"的叫声。小王很奇怪：猫和狗的基因，怎么会弄出蚊子的叫声？

他百思不得其解，只好抱着多多去见他以前的导师。

导师详细询问了小王复制多多的每一个环节，思索片刻，哈哈大笑起来："小王啊小王，这么多年了，你怎么粗心的毛病还没有改掉呀？你肯定是在培养基因的时候，忘了把器皿盖子密封上了吧？这不，蚊子进去了！"

趣言幽默篇

司务长跑障碍

这天，上级部门来某独立营一连考核全体官兵的身体素质，先考 400 米障碍跑。

战士们很快考完了，接着是干部上场。

连长和指导员不负众望，顺利通过。

轮到体态肥胖的司务长登台亮相时，只见司务长趴在起跑线上，脸上血色全无，不停地做着深呼吸。看得出，他心里发虚。

战士们顿时起哄起来，有个四川老兵口无遮拦地戏说道："平时不和咱们一起训练，今天就等着出洋相吧！"

这话被司务长听到了，狠狠地瞪了他一眼。

这时候，只听考官一声令下，司务长风风火火地跑了起来。乍看上去，他异常骁勇，可好景不长，跑下第一个 100 米后，就已累得气喘吁吁。

前面还有 300 米的障碍物，战士们不禁为司务长捏了一把汗。

开始过障碍了，只见司务长小心翼翼地踏过水泥桩，跃过深坑，跳过矮板墙，突然收住了脚步。前方耸立着一块高板墙，只见司务长后退两步，猛地向上一跃，用双手钩住，然后一点一点向上挪动身体。

"加油！加油！"战士们全都扯开了嗓门。在不绝于耳的助威声中，司务长猛喝一声，蹿上了高板墙，不等站稳，就又跨下水泥台，向又窄又长的独木桥奔去。

好不容易挪着碎步走完独木桥，前面一方厚实的高板墙又堵住了去路。第一次努力失败，司务长又发起第二次冲锋，可惜又失败了。第三次，司务长没再"重蹈覆辙"，而是绕开高板墙向前跑。前方，是一片密密麻麻的铁丝网，他卧倒，用并不熟练的爬行姿势硬着头皮闯过了这第二个一百米中的最后一道障碍。

接着，司务长准备冲刺第三个100米了！只见他高抬腿跨过铁丝网，高板墙再次矗立在他面前。这次，司务长总算爬了上去，可能是太累了，他骑在高板墙上足足有十来秒钟，战士们不断地为他喊"加油"，这才把他从"坐骑"上催下来。

下了高板墙，司务长不敢耽搁太久，钻过独木桥下的三个桥洞，进而攀水泥台，上高板墙，钻矮板墙上的四方窟窿，最后来到一个深达二米多的凹坑前。他犹豫了一番，跳了下去，可5秒钟过去了，10秒钟过去了，无论大伙怎么呐喊助威，就是不见他从坑里探出头来。

眼看就要前功尽弃，距深坑不远的那位四川老兵急了。趁站在远处的监考员走神的当儿，他猫着腰跑过去，"噌"的一声滑进坑里。司务长此时正在那儿发愁哩，见本连"武状元"从天而降，大喜过望，正要开口说什么，不想这位武状元抢先开口道："晚上加不加餐？"

"加餐！加餐！"司务长拉着武状元的手连连点头。

"那好，"武状元说，"你踩着我的背，上！"

司务长终于在地平线上出现了！出了深坑，他跌跌撞撞地跑过五步桩，向着最后一个100米冲去。当他艰难地完成最后一步时，全场欢声雷动。

当晚，全连大会餐。

听了老人言

有个年轻人，穿村走乡，靠卖帽子为生。

一个大热天的下午，他走得有点累了，想打个盹儿，看到不远处有棵芒果树，枝繁叶茂，阴凉一片，于是就走过去，把装帽子的包往身边一放，躺在树下很快进入了梦乡。可是醒来后发现，放帽子的包还在，里面的帽子却一个也不见了。

忽然，年轻人听到头上有动静，抬头一看，好家伙，只见芒果树上满是上蹿下跳的猴子，他包里的那些帽子竟然都戴在它们头上。年轻人真是又好气又好笑，冲着树上的猴子大声喊叫，意思是让它们把帽子扔下来还给他。那些猴子也冲着他尖叫，可就是不把帽子扔下来。

年轻人火了，直朝猴子扮鬼脸，猴子居然也学他的样，朝他扮鬼脸；他朝猴子扔石头，猴子就从树上摘了生芒果，雨点般地朝他砸下来。

年轻人没辙了，气得一把摘下头上的帽子往地上甩。嘿！这下可好，那些猴子竟然学他的样，一个个把头上的帽子给扔了下来。

年轻人乐了，不过没敢笑出声来，拾了帽子赶紧上路。

一晃50年过去了，年轻人的孙子继承祖业，继续穿村走乡卖帽子。一天，孙子走累了，也在芒果树下呼呼大睡。醒来时也发现，包里的帽子被芒果树上的那些猴子给拿走了。

这时候，孙子想起了爷爷常说起的那个故事，他自言自语道："对，我让它们学我的样，这样就可以马上把所有的帽子都要回来了。"

孙子于是就向猴子挥挥手,猴子果然也向他挥挥手;孙子跳舞,猴子果然也在树上跳起舞来;孙子拽拽自己的耳朵,猴子果然也拽拽自己的耳朵。孙子看着这帮猴子的蠢样儿,心里很得意,于是就把头上的帽子一把甩在了地上……

谁知就在这时,有一只猴子闪电般地从树上扑下来,一把就把孙子扔在地上的帽子抢走了。随后它飞快地蹿上芒果树,冲着气急败坏的孙子做鬼脸,那意思是说:"笨蛋,你以为只有你有爷爷吗?"

我要喝鱼汤

汤姆因胳膊骨折住进医院。

刚躺到病床上，一位穿白大褂的护工就走进病房来，对大家说："各位先生，医院餐厅每天给诸位病友提供新鲜鱼汤，有需要者请提前预订。"

他见汤姆是新进来的，就特地跑到他床前，先看了看他床头的病员登记卡，然后关切地说："这位先生，您来一份吧？"

汤姆抱歉地朝他摇摇头，说："对不起，先生，我不爱闻鱼腥味儿。"

"是心疼钱吧？"那护工开导汤姆说，"这卡上写着，您马上就要手术了，需要大量补充营养，喝鱼汤有利于您恢复健康啊！"

尽管对方再三动员，可汤姆始终不为所动，邻床的一位病友和汤姆一样，也说因为不爱闻鱼腥味儿而拒绝订鱼汤。

护工有些生气了，指着他们俩说："全病房就你们两个最需要补充营养，可你们就是死心疼这几个小钱，真不明白你们是怎么想的，难道还非得让主治医生来亲自命令才行吗？"

第二天，邻床那位病人因为病情变化需要转病区治疗，下午就被抬走了。正好这时候汤姆去做X光检查，不在病房里，等他回来，听说邻床突然被抬走，吓得脸都白了，心里胡乱猜想着：难道邻床是因为没有订鱼汤而遭受惩罚了吗？

晚上，胆小的汤姆躺在病床上翻来覆去睡不着，他索性下床走出病房，想到大楼下面的花园里去走走，散散心。就在下楼的时候，他看到有几个护工正推着一个滑轮床急匆匆朝抢救室跑，他忽然发现,那个躺在滑轮床上的人,竟是那个邻床,于是赶紧跟了上去。

经过灌肠清洗等一系列抢救措施,那个邻床终于脱离了危险。汤姆隔着玻璃目睹了整个抢救过程,回到病房,他主动去找那个护工,苦苦哀求道:"我……我要喝鱼汤,你赶快给我登记喝鱼汤……"

后来,汤姆出院的时候,亲友们问他住院有什么感受,汤姆哭笑不得地说:"这医院治疗水平没话说,可就是硬逼着非让人喝鱼汤不好。如果不喝,他们晚上就给你灌肠……谁受得了呀!"

童年趣味，别样芬芳

习惯性做到窗前，沁一杯浓浓的咖啡，氤氲的滋味里飘过人生苦甜参半的韵味。搅拌着咖啡苦苦的味道好像是岁月流淌的眼泪，品味着香香的味道好像是时光微笑的温暖，此时心情可会别来无恙？

窗外的时光葱郁已换了摸样，再也找不到春的绚丽，夏的浪漫，秋的凝重。到处都透着冬天的瑟冷，还有那雪花扬洒的向往，飘向大地的渴望。心守望在幸福的渡口，遥望下一个季节的畅想。

窗下那一滩池水已凝固结冰，溜光的冰面漾出记忆的影片，思绪一路奔跑着追赶儿时的趣事。一群孩子在冰上嬉戏，稚嫩的脸上坦荡着笑容洋溢着快乐，无忧无虑携着童年的节拍自由滑翔。

大一点的孩子在冰上抽陀螺，细细的小鞭子绕在陀螺上使劲一带，陀螺就会旋转起来。转着转着就在精彩纷呈中转出来人生舞台，让旋转中的生活历经不停地抽打着，让坎坷和艰苦不住的鞭策着。

孩子们在你推我拉，你跑我追中，度过一个又一个的草长莺飞的季节。带着浪漫，带着梦想，带着向往，带着迷茫，在人海中流浪，在生活中成长。

小时候冬天来的时候，总喜欢趴在窗玻璃上，抚摸玻璃窗上的冬花，那形形色色的花儿，朵朵都透着那缕冬香；好看也让人彷徨，因为它的形状让人匪夷所思，它的香味让人觉得耐人寻味。

渐渐懂事了，才发现那些冬花也像人生的多样化；描绘岁月沧桑的层出不穷，各色形状诉说着人生多姿多彩。于生活中的魅力和古怪，虽美丽也有伤害，虽寒冷也会被阳光照晒。

随年轮的疯长，那些趣味故事也渐渐埋没在岁月的矿野。那些青春余下的味道，在抓不住的时光中，被刻画了忧伤。在那些悠悠岁月中回味，让记忆汇聚成河渊源流淌。

那些芳菲依然的故事，弥漫着岁月的芬芳，不惑带着微笑踏着冬晨雪后的脚步，静静的走进夕阳。房间里四季如春。

白纱窗帘下的那盆绿萝依旧欣欣向荣，经年的韵味也在浮世繁华中荡去踪影。

孩童时期，青涩年华，不惑苦乐，不经意中早已蹉跎远去，当容颜沧桑带着岁月的吻痕，印入杯中的影子，岁月别样多姿依然。

趣言幽默篇

饮料真好喝

夏天的一个中午，天气最热的时候，有一个饮料摊子前围了一堆人，人群中央有两个十七八岁的漂亮女孩，正互相对骂着。

其中一个女孩捏着粉嫩的小拳头，在对方眼前晃来晃去，动作犹如"泰森"一般，嘴里还喊道："你这不要脸的货，你以为我不敢打你啊？"

另一个女孩双手叉腰，两腿叉开，活像一个"圆规"，嘴里也不依不饶地喝道："你打啊，你打啊，有种你就打老娘一下！"

旁边那些好事者听了半天，终于听出一些门道来了。原来是"泰森"的男朋友被"圆规"抢走了，今天她们是狭路相逢，要把事情说说清楚。

辣辣的太阳下，一场"武打片"正要"开演"，不料半路上杀出个程咬金，谁啊？原来是卖饮料的老太婆。

她颤巍巍地走过来，朝"泰森"和"圆规"中间一站，说："两个女娃啊，你们要抢男人到别处抢去，这里是我的饮料摊子，被你们这么一吵，我就没生意了！"

"泰森"正吵得香汗淋漓，听到这话，似乎才意识到三伏天吵了半天也口干舌燥了，于是说："来，我买你一杯可乐，喝完了再揍她！"

"圆规"显然也不是个软柿子，大声吼道："我也来一杯可乐，今天姑奶奶奉陪到底了！"

在场的人"轰"地一声全笑开了：今天有好戏看了。

也就是这时，他们突然都觉得渴了，于是一个个都掏出钱来买饮料喝，一边喝一边盯着两个女孩看，都想看看到底会是谁先打出第一拳。

一个大肚子男人在一旁坏笑:"嘿嘿,要是把衣服撕破了才好玩呢……嗯,是渴了,这可乐不错,再来一杯。"

卖饮料的老太婆这下可笑开了花:"天热,你们慢慢喝。"

饮料喝罢,人群中便骚动起来。只听有人嚷嚷:"打啊!夺夫之仇不能不报啊!""是啊,爱情是世界上最宝贵的,怎么能相让呢?""妹妹你大胆地往前走啊!"

这帮人的起哄无异于火上浇油,对峙了老半天的两个女孩终于忍不住了,只见"泰森"突然抬起脚要朝"圆规"苗条的腰肢上踢,"圆规"的纤纤小手也猛地抬了起来,要扇向"泰森"漂亮的脸蛋。虽是对峙的双方,可两个人的动作看上去都无比优美,赏心悦目!

"哇!"人群里就像两滴水滴进了热油锅,简直要炸开了!

就在这时,"住手!"一声很有威严的断喝突然响起来,"泰森"和"圆规"仿佛被施了"定身法"一般,手脚都僵在了半空。只见一个很帅的男孩从人群外挤进来,站在她们两个的中间。"泰森"和"圆规"立刻小鸟依人般地挽起那男孩的手,千娇百媚成了乖乖女。

人们一时间醋意大发,刚才喝进去的饮料顿时都成了山西老醋。

男孩子说话了,声音很有磁性:"阿雯,阿莲,其实……其实你们都误会了,我一直都把你们当做我的好妹妹……并不是那种男女的感情……我们找个地方,好好和解吧……"他边说边就拉着两个女孩的手挤出了人圈。

围观的人们好不失望,只好不无遗憾地散伙回家。

当天晚上,饮料摊旁的小饭店里,坐着四个人:卖饮料的老太婆,准备打架的"泰森"和"圆规",还有就是那位帅哥。他们谈笑风生,频频举杯。

只听那位帅哥有些遗憾地对老太婆说:"奶奶,今天你饮料备得太少,要不然还可以卖掉更多。"

"是呀,是呀,饮料真好喝……""泰森"和"圆规"一起附和道。

有什么就说什么

城郊一座旧民宅，最近被市文物部门认定为是清代初期的地主庄园，旧宅里现在住着李老汉一家。

旧宅的占地面积不是很大，建筑上也没有什么特别的风格，但是由于这个地区的文化遗产很少，所以区政府对此十分重视，特地要求当地电视台制作一档关于旧宅的专题节目，以扩大影响。

电视台派来的主持人很年轻，他对李老汉说："我们采访你，请你千万不要紧张。"

李老汉问："是有什么说什么吗？"

主持人连连点头："对，有什么就说什么。我们就向你作一个简单访谈，你只要如实回答就行了。"

李老汉松了口气："行，有什么就说什么，这还紧张什么？"

采访进入实拍阶段，李老汉坐在大厅的古旧椅上，憨态可掬地面对着主持人。

主持人轻声慢语地开始提问："大爷，庄园建于什么年代？"

李老汉眨眨眼睛，说："嘿嘿，你不知道吗？是清代初期啊！"

主持人笑了，觉得这个老汉说话很直爽。

他接着说："大爷，我看这座旧宅保存得很好，你能谈谈是如何保护的吗？"

李老汉点起一支烟，叹了一口气，说："都是因为没钱呀！"

主持人挺疑惑："这话怎讲？"

李老汉摇摇头，叹口气，不无遗憾地说："这不是明摆着的嘛！要是有钱，我早就拆了旧宅盖新宅了。"

趣言幽默篇

愚人节快乐

大牛平时爱捉弄人，这天是愚人节，他怕被别人捉弄，提醒自己要特别谨慎。

一到单位，同事小惠就敲敲大牛的桌子，显得有些神秘地说："大牛哥，今天下班后去蜀香苑吃饭，到时有惊喜呢！"

大牛笑着答道："好啊，好啊！"他嘴上答应，心里却在想：这种小儿科级的小把戏就想把我大牛骗住？我才不会上当呢，哥哥我肯定不去。

"大牛哥，你一定要来哦！"小惠又甜甜地对他说。

大牛一看，小惠今天打扮得真漂亮，要是真的有饭吃，自己不去，岂不是丢了一个接近美眉的大好机会？可要是去了，万一是假的，岂不丢面子……

就这样，大牛在激烈的思想斗争中挨到了下班。他见同事们果然互相招呼着去蜀香苑吃饭，不由有点心动了。不过大牛还是很谨慎，故意拉了两个同事磨磨蹭蹭最后去，等他们到包厢的时候，已经有几个同事在那里了，大牛这才放下心来。

可是，没等大牛的屁股挨到板凳，包厢里的灯突然全熄了。

"怎么了？怎么了？"大牛惊叫起来。

就在这时，从外面推进来一个点满蜡烛的三层大蛋糕，同事们立刻不约而同地唱起生日歌来。

大牛一愣："今天谁生日？怎么不和我说一声，我也好准备礼物啊！"

"你生日啊！"大伙儿齐声对大牛说，然后就纷纷把自己带来的

礼物朝大牛怀里塞。

"这，这……"大牛懵了，因为今天根本不是他的生日，这帮人肯定在搞什么鬼。可一看到手里这些包装精美的礼物，大牛乐得将错就错："那……我就不客气啦！"

大伙点了一桌子菜，还一定要小惠挨着大牛坐，把大牛乐得有点轻飘飘了。

酒足饭饱，玩笑也开够了，大伙于是就站起身来准备离席。走的时候，他们拍拍大牛的肩膀说："寿星啊，谢谢你请我们吃这顿生日宴！"

服务员于是就理所当然地走到大牛跟前，要跟他结账。

完了！大牛这回被这帮同事们整惨了。一结账，好家伙，整整吃了一千八！

刷卡的时候，大牛的手都抖了，心里只剩下后悔：以前老去捉弄别人，现在终于尝到被人家捉弄的滋味了。

回到家，大牛坐在沙发上，看着同事们送的一堆礼物，不断地安慰自己，也算没白请客。

他挑出小惠送的那份，拆开来一看，呀，里面只有一张卡片，上面写着：大牛哥，愚人节快乐！生日快乐！小惠敬上。

"快乐个屁！一群歹人！"大牛生气地把盒子往地上使劲一甩。

这一甩不打紧，竟然从盒子里飘出一张百元大票。大牛揉揉眼睛，捡起来定神看，没错，是真的！他于是赶紧去拆别的礼盒子。

原来每只盒子里都有一张卡片，卡片底下都压着一百块钱。加起来一数，刚好一千七。

原来是凑份子吃饭啊，真是虚惊一场！

趣言幽默篇

知 心 恋 人

阿丽和阿康是一对恋人。前不久，阿丽告诉阿康，她的父母反对他们的婚事，她决定以死殉情。阿康一听，发誓要陪她一起去死。

今天晚上，他们就要付诸行动了。月光下，两个人来到事先选好的一堵砖墙旁，紧紧拥抱，热烈接吻，做最后的诀别："不求同年同月同日生，但求同年同月同日死。今世无缘做夫妻，来生再结并蒂莲。"然后，他们分别走向砖墙的两侧。按事先准备了的，阿康拿出一条绳索，扔过墙头，他和阿丽只要同时把头套进两端的绳套，蹬掉脚下的砖头，他们就可以同时吊死在一根绳上了。可是，阿丽在墙这边接过绳子，心里却偷偷乐开了。原来阿丽已经移情别恋，另有如意郎君，她担心甩不掉昔日恋人阿康，才故意找父母反对的借口，想趁这个机会除掉阿康。

阿丽悄悄搬起一块石头系在绳套上，等着阿康在砖墙那边喊"一、二、三"，只要阿康一喊，她就松手，她已经在肚子里打好了主意：就让这块石头做自己的替死鬼去吧！

果然，阿康在砖墙那边喊起来："一、二、三！"阿丽于是赶紧松手……

十分钟后，阿丽见砖墙那边没动静了，就悄悄移动脚步走了过去，她想看看阿康死了没有。不料就在探出脑袋的一刹那，对面也伸出了一个毛茸茸的脑袋来。阿丽差点没吓昏过去，定睛一看，没想这人竟是阿康。她再看绳子那端，竟系着一只生锈的铁哑铃。

两个人尴尬了三秒钟，不约而同地相视一笑，异口同声地说："咱俩真不愧是知心恋人啊！"原来，阿康也已另有新欢。

盎然做趣篇

  如果一颗星代表一份快乐,我希望送你一条银河;
  如果一棵树代表一缕思念,我希望送你一片森林;
  如果一朵玫瑰代表一岁芳龄,我希望你永远是花季的年龄!

——摘自《够意思》

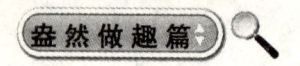

令人无语的师生对话

下午第一节是历史课,老师在课堂上讲得兴致勃勃,一个外号叫"三毛"的同学却趴在课桌上呼呼大睡,老师十分生气,就把三毛叫了起来。

老师问:"你说,王安石和欧阳修有什么共同点?"三毛脱口而出:"他们都是宋朝人。"

老师接着问:"那你说说,他们和唐太宗、诸葛亮有什么共同点?"

三毛愣了愣,答道:"他们都是古代人。"

课堂上一阵大笑,老师将错就错,干脆当个游戏玩下去,也算活跃课堂气氛。

于是他问道:"那他们和孙中山、鲁迅有共同点吗?"

三毛想了想,说:"他们都是男人。"

老师接着又问:"如果加上李清照、慈禧呢?"

三毛急了:"他……他们都是中国人。"

老师笑了笑,问道:"你再说说,拿破仑和恺撒有什么共同点?"

"他们都当过皇帝。"

"他们和达尔文、希特勒有什么共同点?"

三毛答到这时已经摸到窍门了,他得意地回答:"他们都是外国人。"

老师又紧逼了一句:"那他们和我前面提到的这些人有什么共同点呢?"

三毛一竿子捅到底:"他们都是人。"

老师又问:"据我所知,这些人中诸葛亮养过鸡,慈禧、恺撒还养过狗,把这些动物都算上,他们和它们有共同点吗?"

老师这么一问,三毛的头上开始冒汗了:"这个……这个……他(它)们都死了。"

"嗯,的确都死了。"老师点了点头。

三毛腿一软,坐了下来,心想,这下问题该到头了吧?

不料老师又说:"你站起来,还有最后一个问题——假如现在他们和它们都还活着,能找出共同点吗?"

三毛傻眼了,他想了足有五分钟,才哭丧着脸说:"如果不算时差的话,他(它)们应该都吃过午饭了……"

鲁班造木鸢的故事

鲁班是敦煌人。他小时候，双手就很灵巧，会糊各种各样漂亮的风筝。长大后，跟父亲学了一手好木匠活，修桥盖楼，建寺造塔，非常拿手，在河西一带很有名气。

这一年，他成婚不久，就被凉州（今武威）的一位高僧请去修造佛塔，两年后才完工。他人虽在凉州，但对家中父母放心不下，更想念新婚的妻子。怎样既不误造塔又能回家呢？他在天空飞旋的禽鸟启发下，造出了一只精巧的木鸢，安上机关，骑上一试，果然飞行灵便。于是，每天收工吃过晚饭，他就乘上木鸢，在机关上击打三下，不多时便飞回敦煌家中。

妻子看到他回来，自然十分高兴，但怕惊动父母，他也没有言语，第二天大清早，又乘上木鸢飞回凉州。

这样，时间不长，妻子便怀孕了。

鲁班的父母早睡晚起，根本不知儿子回家之事。见儿媳有孕，还以为她行为不轨。婆婆一查问，媳妇便将丈夫乘木鸢每晚回家之事说明白，谁知，二老听了不信，晚上要亲自看个真假。

掌灯时分，鲁班果然骑着木鸢回到家中。二老疑虑顿散。老父亲高兴地说："儿呀，明天就别去凉州工地了，在家歇上一天，让我骑上木鸢，去开开眼界。"

第二天清早，老父亲骑上木鸢，儿子把怎样使用机关作了交待："若飞近处，将机关木楔少击几下；若飞远处，就多击几下。早去早回，别误了我明日做工。"老父亲将交待记在心中，骑着木鸢上了天，心想飞到远处玩一趟吧。就把木楔击了十多下，只听耳边风响，吓得他紧闭双眼，抱紧木鸢任凭飞翔。等到木鸢落地，睁眼一看，一家伙飞到了吴地（今江苏、浙江一带）。

吴地的人见天上落下一个怪物，上骑白胡子老头，还以为是妖怪，围了上去，不由分说，乱棒把老头打死，乱刀把木鸢砍坏。鲁班在家等了好多天，不见父亲返回。他怕出事，又赶做了一只木鸢，飞到各处寻找。找到吴地以后，一打听，才知父亲已经身亡。他气愤不过，回到肃州（今酒泉）雕了一个木头仙人，手指东南方。木仙人神通广大，手指吴地，大旱无雨，当年颗粒无收。"

三年以后，吴地百姓从西来的商人口中得知，久旱无雨原是鲁班为父报仇使的法术。便带着厚礼来到肃州向鲁班赔罪，并讲了误杀他父亲的经过。鲁班知道了真情后，对自己进行报复的做法深感内疚，立即将木仙人手臂砍断，吴地当即大降甘露，解除了旱灾。

之后，鲁班左思右想，认为造木鸢，使父亡；造木仙人，使天大旱，百姓苦，是干了两件蠢事。便将这两样东西扔进火里烧了。木鸢和木仙人便就此失传了。

盎然做趣篇

吹牛不上税

一天，两只麻雀在树上吃饱了没事干，就互相吹起牛来。甲说自己本领如何了得，乙说自己本领如何了得。双方互不相让，争得面红耳赤，可是争了老半天，也争不出个结果来。

后来，甲说："这样吧，咱俩光争也没用，不如拿行动来证明。"

乙问："什么行动？"

甲四下一看，指指树下对乙说："你看见那个卖烧烤的大胖子没？咱俩打个赌，谁要把他手里的刀啄掉，就数谁厉害。行不？"

乙想：就这点子事儿！我得抢在前面，于是一抖翅膀就冲了下去。

却说树下这胖师傅生意不太好，正在吆喝着招徕顾客，没想到顾客没招来，却来了一只麻雀，不知是昏了头还是咋的，竟从树上直冲自己而来，他喝了声"好嘞"，眼疾手快一伸手，就把麻雀逮了个正着，然后三下五除二捋了它的毛，往炉子边儿上一放，转身准备去拿竹签来串上，把它烤了。

甲在树上看呆了！一开始它见自己出的主意被乙抢了先，心里非常生气，可现在看到这一幕，心里不免一阵侥幸。可它转念又想：不行，我得把乙救回来，要是它被烤了，以后谁陪我吹牛呢？

趁胖师傅转身的当儿，甲一头从树上冲下去，叼着乙的翅膀就飞回了树上。此时，甲心里甭说有多得意了：这回你乙说啥也服了我吧？怎么着也是我救了你一命呀！

没想到，乙站稳了脚跟之后，冲着甲就嚷嚷上了："你咋这样呢？我正脱光了膀儿要跟那胖家伙大干一场呢，你拽我回来干什么？是不是怕我比你厉害呀？"

盎然做趣篇

防盗绝招

宁家三兄弟每天中午都在同一个食堂吃饭。

三兄弟特别爱喝酒，可又嫌食堂的酒贵，于是就自己带上一元五角一斤的"小烧"去解馋。但是顿顿都要拎酒瓶子去食堂总不怎么方便，这天三兄弟灵机一动，就干脆去买了个白色的塑料桶，装上酒，放在食堂里。

可是第二天吃中饭时他们去食堂一看，桶里的酒不知被谁偷喝掉了一点。他们很生气，正好老二衣袋里有纸和笔，于是就掏出笔在纸上写下"王八偷酒喝"五个字，贴在酒桶上。三兄弟心想：总没人会为了喝点酒甘心当王八吧？

可没想到了第三天中午，三兄弟去食堂一看，酒不但又少了，而且偷喝者居然还把"王八偷酒喝"的"偷"字移贴到前面，成了"偷王八酒喝"。三兄弟这个气呀！

老三说："二哥，你的办法不行，看我的！"他眼珠一转，写上"非典患者专用"六个字，嘴里还嘟哝着："哼，这回看谁还有胆量喝！"

哪知偷酒者照喝不误，到第四天中午，那酒竟然只剩下小半桶了。

老大对老二、老三说："你们都太嫩，想的办法不管事儿，这回看老哥我的！"他把塑料桶换成深色的，在上面重重地写上"尿桶"两个字，然后把它放到墙角落里。他得意地对老二、老三说："嘿嘿，现在除了咱们知道底细，谁还会要喝这玩意儿呢？"

第五天中午吃饭的时候，他们哥仨迫不及待地来到食堂，可是一看都傻了眼："这玩意儿"竟把塑料桶装满了！

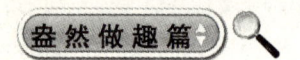

够 意 思

丈夫有个老同学，开了一家花店。

妻子28岁生日那天，丈夫就在老同学的花店里订了一束红玫瑰，还特地挑了一张精美的贺卡，端端正正地写上：如果一颗星代表一份快乐，我希望送你一条银河；如果一棵树代表一缕思念，我希望送你一片森林；如果一朵玫瑰代表一岁芳龄，我希望你永远是花季的年龄！

为了给妻子一个意外的惊喜，丈夫让老同学晚上派花店小姐把玫瑰送到家里来。

所以，到晚上一家三口正围坐在餐桌旁庆贺妻子生日的时候，门铃响了，花店小姐手捧着一大束红玫瑰出现在他们家门口。

妻子接过玫瑰和贺卡，先是一脸的惊诧，继而脸上绽放出了灿烂的笑容。

丈夫心里很得意：妻子总说自己不懂得浪漫，这回该彻底改变印象了吧？

可他还来不及表功呢，妻子却突然神色大变，愤愤地把玫瑰扔到地上，雨点般的拳头已经向丈夫砸来。

妻子抽抽噎噎地骂道："你这个没良心的，你心里到底有没有我啊？我过几岁生日你都搞不清了？"

丈夫拿起被妻子丢在地上的玫瑰一数，咦，怎么成了三十朵啦？赶紧给老同学打电话。

对方回答是："谁让咱是哥们呢，我特地多送你两朵。怎么样，够意思吧？"

盎然做趣篇

过 把 瘾

王胖子是个好酒之徒，只要一天不喝酒，心里就像猫抓似的。平日里，他常常是醉里睡、梦里游，就像活在云雾里的神仙，所以人们都叫他"王神仙"。

王神仙喝酒喝到这般地步，他的老婆当然不能容忍，所以每月王神仙领了工资回去，老婆便全部没收，不给他留分文。这下可苦了王神仙，虽说一天到晚馋酒馋得要命，可无奈手中没钱，只能咬牙忍受没酒喝的痛苦。

话说这一天，王神仙意外拿到一笔加班费，整整300元。钱在手里，王神仙心里就打起了小九九：这钱老婆不知道，不如自己悄悄留下解解酒馋。一想到这300元钱马上就能换酒喝，王神仙兴奋得上班都没了心思。

下了班，王神仙没忘记先给家里打电话，告诉老婆他要加班，随后就迫不及待地冲进一家小酒店，要了一斤老白酒。酒一下肚，王神仙的酒瘾哪里还控制得住，接二连三地直往嘴里灌，没多久，那酒瓶子就见了底。

王神仙眼睛发直，舌头发硬，已经有了五六分醉意，可他拉住店老板还要买酒喝。店老板怕他再喝会闹事，就打着哈哈说："小店今日酒卖光了，你改日再来吧！"

王神仙一听就扫兴，冲着店老板说："你这是开的什么酒店？得了，咱别处喝去。"说完，醉醺醺地出了店门。

王神仙东倒西歪地在街上转了一圈，又进了另一家酒店，接二连三地又喝下了半斤白酒。店老板看他已经醉得认不出东西南北来

趣味阅读 059

了,怕他再喝下去会坏事,于是就把他桌上剩下的半瓶白酒给收走了。

王神仙曾经是这家酒店的常客,店老板与他熟得很,但此刻王神仙脑袋发热,身体发飘,店老板在他眼睛里形同陌路人。他瞪着个血红的眼睛,出口一句:"什么狗……狗屁酒店!"一甩屁股就跌跌撞撞出了门。

王神仙在街上东转西摸,还觉得自己酒没喝过瘾,就稀里糊涂地又闯进一家店门,摸着桌子坐下来就喊:"店家,来半……半斤老……老白酒!"可话音落了半天也不见个动静。于是拍着桌子大吼:"都死啦,没……没人啦?"

这时,一个女人从内堂出来,气狠狠地问他:"你喊啥?"

"我要……要半斤老……老白酒喝。"王神仙醉得语不成句。

女人问:"喝酒可以,你有钱吗?"

王神仙一听,得意地说:"你别小看人,我有钱,今……今天才……才发的,嘿嘿,我老婆不知道,嘘……"他说到这儿还做了个手势。"你可别告诉她。"说完,就摸摸索索地掏出内衣口袋里的钱,往桌上一甩,"看见了吧,我堂堂男……男子汉,能骗你酒喝?"

头重脚轻的王神仙正得意地说着,突然"啪——"一声,脸上挨了一记重重的耳光:"好你个混账东西,胆敢藏私房钱灌猫尿尿,反了你了?"

耳光加怒骂,顿时把醉意蒙眬的王神仙给惊醒了。他睁大眼睛一看。吓愣了:自己老婆怎么怒目横眉地站在面前?是谁告的状?

他吓得连连后退了几步,揉揉眼睛再一看:怎么这里竟是自家的客厅?真是怪事!

盎然做趣篇

还是酒糟饼

崔大化家境贫寒,没钱买酒,但酒瘾却不小。老婆于是就想了个办法,每天给他吃两个酒糟做的饼子,满足他喜欢的那种辣辣的滋味和晕乎乎的感觉。

一天出门,崔大化在路上碰到朋友,朋友问他:"脸红扑扑的,一大早就喝酒了?"

崔大化摇摇头说:"不瞒老兄,只是吃了两个酒糟做的饼子。"

回到家里,崔大化和老婆说起这件事,老婆说他:"你真傻,人家怎么问你就怎么答?以后你就说是喝酒了,别提'酒糟'两个字。"

过了几天,崔大化在路上又碰到那位朋友,朋友问他有没有喝酒,他就照老婆教的说了。

朋友不相信,追问了一句:"那你这酒是烫了喝呢,还是就喝冷酒?"

崔大化老老实实地回答说:"是煎了喝的。"

他朋友一听就笑了:"原来还是酒糟饼啊!"

回家后,崔大化又和老婆说了这件事,老婆用手点着他的鼻子责备道:"酒怎么能煎着喝呢?应该说是'烫了喝的'。你这脑子怎么就转不过弯来呢?以后开口前,可要好好想想。"

崔大化点点头。几天后,崔大化和那位朋友又相逢了,这回崔大化主动说:"这酒我是烫了喝的。"

朋友问:"烫了多少?"

崔大化说:"两个。"

朋友听了大笑不止:"还是酒糟饼啊!"

盎然做趣篇

"人"的质疑

"人"字只有两笔，一撇一捺，没有一个支撑，没有一点装饰。

倘若想跟"一"一样，永远躺着不动，那是没有任何问题的。

但如果要站立并且站稳，走路不摔跤，跑动如飞翔，那就得费几分力气了。

因此，"人"觉得自己很累很累。

终于，"人"忍耐不住了，找到女娲娘娘，问道："尊敬的女娲娘娘，为什么您在创造我的时候那么吝啬，只给我两条腿呢？与此同时，您却给了螃蟹八条腿，乌龟四条腿，连最不起眼的蚊子也给了六条腿。你这样做未免太不公平了吧！"

女娲娘娘微微一笑，说："你愿意做螃蟹、乌龟或者蚊子吗？"

"人"大叫起来："我只是打个比方，谁愿意做那些东西啊！"

女娲娘娘收起笑容，严肃地说："我只给你两条腿，就是要让你明白：做'人'是不容易的！"

盎然做趣篇

打 官 司

有一只狼，在狼群里找不到吃的，于是它就去找绵羊。看到绵羊身上那一团好肉，狼馋得口水直流，它对羊说："喂，我想吃你身上的肉，成不？"

羊说："我每天要跑很远的路才能吃到草，我活得不容易啊！"狼说："说那么多干吗？我是狼，要解决肚子饿，我不吃你吃谁呀！"说着猛扑上去咬下了羊的一条腿。

绵羊少了一条腿，气愤地去找狐狸大律师讨公道。狐狸说："这好办，你让我先吃了你另一条腿，好让我有力气去为你办事呀！我这会儿肚子正饿着呢，再说我也没有白吃你呀，对不？"

绵羊为了告倒狼，所以只好忍痛舍了一条腿给狐狸。

狐狸帮绵羊把状子递到了狮子法官那儿。狮子对绵羊说："这案子看起来理是在你一边，不过要告倒狼也不那么简单，狼是比你高一级的动物，社会关系又多，如想打赢官司，你是否可以再牺牲一条羊腿，让我好去打点打点？"

到了这个份儿上，绵羊也顾不得是否又少了一条腿，心一横就把另一条腿交给了狮子……

后来，这场官司真的打赢了，狼被判故意伤害罪锒铛入狱！

可是绵羊一点儿也高兴不起来，因为它只剩下一条腿了……

老爹送钱

冀华浩是山里的孩子，上大学后看着班里有的同学穿名牌，进歌厅，请女朋友吃饭，花钱如流水，羡慕得不得了。他老想：自己上哪儿去弄这么多钱啊？

这天他在校园里望着天空发呆，突然有了主意，拍着大腿连叫三声"好"，赶紧跑回宿舍，拿出信纸，给他爹娘写信。

他在信里先说了一通感谢爹娘养育之恩的话，接着就说学校的蚊子特别大，和家乡的蚂蚱差不多，叮人一口能起栗子那么大的包，三天也下不去，所以要买一顶很好的蚊帐；又说因为没有运动鞋，上体育课难看不说，关键是创不出好成绩，影响全班的荣誉；对了，宿舍里有个电热水瓶，一不留神被自己打破了，得赔一个；冬天特别冷，没有羽绒服简直就过不去，怎么也读不进书……

他充分展开想象的翅膀，洋洋洒洒地写了三大张信纸。最后对爹娘说，这些东西若买全了，怎么也得 2000 块钱，他知道家里困难，可实在没办法，不得已才开的口。

信发出去之后，冀华浩的心里一直有点忐忑不安：一是良心上怎么也有点儿过不去，二是怕爹娘弄不来钱，那自己可就翻不了身了。所以，他天天掰着指头算日子，等爹娘的回信来，真是尝到了度日如年的滋味。

总算一个星期后，爹的回信到了，冀华浩哆嗦了半天才把信撕开。爹在信里说，家里会千方百计给他凑钱，让他别太着急。

冀华浩读着信，心里不免愧疚起来，暗暗对自己说："瞎话就说这一回，等以后毕业有了工作，一定要加倍报答爹娘。"然后，他就克制不住地开始给自己计划起来，用这2000块钱可以去买什么牌子的衣服，去哪个歌厅潇洒，上哪家饭店请客。

这天，他正躺在宿舍的床上胡思乱想，忽听外面有人喊："冀华浩，你爹来了！"

他心里一乐：爹把钱送来了！赶紧爬起来迎出去。

可是一看到爹，他傻眼了。只见爹一头汗水地站在宿舍门口，肩上前后搭着两个鼓鼓的旅行包，手里提着网兜、洗脸盆，还有暖水瓶，网兜里塞着牙刷、牙膏、毛巾一大堆东西。

冀华浩结结巴巴地说："爹，你这是……"

他爹憨厚地一笑，说："嘿嘿……你娘怕你读书忙，没时间去买，就都替你买齐了，你信里说的东西，一样也不缺，一年也用不完。这下，你可以安心读书了吧？"

盎然做趣篇

小丫丫的爱心

王丫是个山村里的小女孩，今年四岁，她随父母一起，来到城里的医院陪小弟弟看病。

那天，小弟弟在病床上"哇哇"哭个不停，王丫小声地哄着。这个时候，父母正蹲在病房门外，窃窃私语。王丫凑着门听，只听父亲叹着气，说："手术费太贵了，咱们掏不起！"母亲带着哭腔道："老天保佑，出现个奇迹，救救我们的儿子吧！"

过了一会儿，父母好像走开了，王丫立刻乘机出了病房，跑着来到医院大门的拐角处。

拐角处是一家卖水果食品的商店，店里有一位中年老板娘。王丫直勾勾地盯着柜台上的一个塑料盒，塑料盒上插满了各样各色的棒棒糖。

老板娘笑呵呵地问："小姑娘，是不是想吃糖呀？"王丫看了老板娘一眼，怯生生地伸出一只脏兮兮的小手，往柜台上递了一卷皱巴巴的钱。

老板娘一看，是一块钱。小姑娘的意思很明白，是要买一块钱的棒棒糖。老板娘赶紧从另外一个纸盒里拿出一根普通的棒棒糖给王丫，可王丫并没有接，只是用眼睛盯着那塑料盒上的棒棒糖。

老板娘解释说："这塑料盒上的糖贵，你才一块钱，买不到的。"听到这话，王丫在口袋里又摸索了一阵，拿出了一个小纸包，放在柜台上。老板娘打开纸包一看，是一枚亮闪闪的五毛钱硬币。

老板娘皱了皱眉，说："这才五毛钱，还不够，那个棒棒糖得两块钱。"这下，王丫缩回了放在柜台上的小手，低着头。

"孩子，吃这个也一样，就拿这个吧。"老板娘把手中那根普通的棒棒糖重新递了过去，可王丫的头摇得像拨浪鼓，一副不情愿的样子。

老板娘突然动了恻隐之心，说："好吧，就给你一根，但我有个条件。"听到这话，王丫眼睛瞪得大大的，好像看到了希望。

老板娘从货柜上拿下一瓶矿泉水，说："你把这瓶水送给二楼的张医生，他就在楼梯口的第一间房子里，送到了，我就把糖给你，行不？"

王丫二话不说，接过水，就跑了出去。

王丫找到了张医生，其实，这张医生正是为了王丫弟弟做手术的。王丫把水交给他，然后就要走，可张医生给了她一块钱，说是矿泉水的钱。

王丫出了门，突然，她看了看张医生给的钱，像是想起了什么事，犹豫起来。她想了想。还是转回身，又来找张医生，可张医生有事出去了，王丫只好下了楼。

回到商店，老板娘果然没有食言，她从塑料盒上拔下一根棒棒糖。那糖包裹着红色的纸，漂亮极了。老板娘把糖给王丫，但王丫没有接，这下老板娘疑惑了，说："我没骗你，这可是两块钱的……"

"阿姨，我要一块钱的。"王丫终于开了口，老板娘一听，更疑惑了："怎么了，一会儿就变卦？是不是谁说你了？没事，拿着吧！"

"我就要一块钱的。"王丫把手中的钱往柜台上一放，拿起那根一块钱的棒棒糖就跑开了。

老板娘迷茫地看着王丫的身影，心想：就一会儿的工夫，这小姑娘怎么就改了主意呢？

再说王丫回到病房，拿出糖，剥开纸，把糖放到弟弟的嘴唇上，弟弟嘬着糖，慢慢地停止了哭泣。等弟弟睡着了，王丫把糖重新包好，放在口袋里，趴在床边，也睡了起来。

父母回来时，见到姐弟俩睡得香甜，愁苦的脸上倒添了几分安慰。

这时候，老板娘却找了来。老板娘把刚才的事告诉了王丫的父母，可话还没讲完，父亲揪起王丫，就要打。可不是么，大人为弟弟的病正焦虑，这丫头还惦记着偷偷出去买糖！

老板娘赶紧把王丫护在身后，气呼呼地说："你这个当爹的，不把话听完就发火，我只想弄清一件事，如果你女儿做错了，你打，我不拦着。"这会儿，王丫半梦半醒，不知发生了啥事。老板娘俯下身，把她抱在怀里，低声说："你给阿姨说实话——后来你怎么只要一块钱的？"

"因为……因为我的钱不够。"

"我不是都答应给你了嘛！"

"可钱还是不够，张医生只给我一块钱，而那水是一块五的，我和奶奶一起收破烂时，我知道那样瓶子的水，得一块五毛钱。"

老板娘听到这里，表情变得凝重起来，她站起身，对王丫的父母说："你们不要责怪她，她是个好孩子。"

老板娘这才把事情原委向王丫父母说了一遍。原来，市面上售价一块五的矿泉水，老板娘卖给张医生，只算一块钱。可王小丫不知道，却以为那水是一块五的，由于张医生只给了一块钱，王丫就把自己的钱垫出来，作为水钱给了老板娘，因为这个原因，她只能要了一块钱一根的棒棒糖。

这时，母亲开口问道："丫丫，糖给谁吃了？"母亲知道女儿牙不好，早已不吃糖了。

王丫红着脸，说："电视里，魔术师让小朋友舔了一口手里的棒棒糖，一会儿，棒棒糖变成了很多钱。魔术师说，只要有信心，就会有奇迹。妈妈也说，只有奇迹才能救弟弟，所以我就想买贵一点的棒棒糖，好给弟弟变出更多的钱，来治病……"

听到这里，父亲红着眼眶把王丫拥在身旁，问："那——弟弟吃完后，有奇迹吗？"这么一问，王丫赶紧掏自己的口袋，可掏出来的，只是一根孤零零的棒棒糖，没有像电视里变魔术那样，变出钱来，王丫顿时大哭起来："原来电视是骗人的……"

王丫正哭着,老板娘走了过来,轻轻拍着王丫,说:"孩子,那不是骗人的,不信我给你变个试试。"说着话,老板娘出一根棒棒糖,手轻轻一晃,手指渐次张开,棒棒糖上裹着一卷鲜红的钞票!

王丫又蹦又跳,兴奋地嚷着:"是真的,是真的,我弟弟有救啦!"

过了一天,医院通知王丫的父母,要给孩子动手术。正当王丫父母为手术费发愁时,医生说,已经有人替他们交了费,让他们放心。

王丫弟弟的手术很成功,父母坚持要向那个好心人当面道谢,他们还打算分期归还那笔钱,毕竟好几万块钱呢!可那个好心人始终没有露面。

出院那天,一家四口来到张医生家,感谢他救了孩子的命。刚一坐下,从厨房里走出一个人来,这人正是老板娘。王丫欢喜地嚷着:"阿姨,我说那水咋卖得这么便宜,原来你是卖给自家人的呀!"听到这话,老板娘有点不好意思地笑了。

这时,张医生开口了:"呵呵,咱们能走到今天这一步,还得感谢王丫,她是我们的大媒人呢!"说着,张医生把王丫揽到了怀里,一旁王丫的父母却不明所以。

张医生笑吟吟地说:"我就不瞒你们了,以前我们就是夫妻,那时家境不好,她又下了岗,由于经常吵架我就和她离了婚。后来,她在医院门口租了店面,做些小生意。因为这次有人暗中为你们捐助医疗费,我就留心调查了一番,谁知帮你们的,竟然是她。其实,我早应该看到她的转变,我以前手术忙的时候,水都顾不上喝一口,而她一直坚持送水给我,可我还是和她呕气坚持要还她一块钱,和她划清界限。"

听到这,王丫父母赶紧跪在地上向老板娘表示感谢,老板娘急忙把他们扶起来,说:"别谢我,是丫丫这孩子的纯真爱心,叫人感动!"

(参阅周长宇《故事会》2013.13 期)

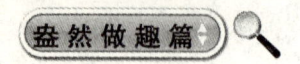

三 维 画

这天，老张到老李家玩，老李妻子没在家，老李就到厨房去炒菜，准备招待老张。老李在厨房忙碌着，觉得将老张一人晾在一边欠妥，就吩咐8岁的儿子说："大伟，把那幅画拿给叔叔看看。"

大伟正在打电脑游戏，听到父亲喊，便把一张画递给老张。

老张接过一瞅，上面密密麻麻的不知画的什么，他随口嘀咕了一句："什么破玩意儿，乱七八糟的！"

老李在厨房里听到了，朝老张直嚷嚷："这叫三维画。你听我说，你把眼睛盯牢在画中央，一直盯着，奇景就会出现。这画能检测一个人的智商，我已经看出这画里是什么了，你试试。"

老张听明白了，按老李这话的意思，这画笨脑瓜的人是看不出来的。老张觉得这挺新鲜，于是就按老李说的，盯牢画中央的一点，眼睛瞪得大大的。渐渐地，他的视线模糊起来，眼泪都快出来了，可眼前还是模模糊糊一片，什么奇景也没出现。

老张不免有些难为情，心想：难道我的智商赶不上老李？我是个笨人？越是怕，越有狼来吓。偏偏这个时候，老李在厨房里问他道："怎么样，看出来了没有？是不是一只大青蛙？"

老张揉了一下眼睛，拿起画又看了一眼。说："对对对，看出来了，是一只大青蛙，蹲在两片荷叶上，旁边还有两只小蝌蚪！"

老李一听，显得很兴奋，在厨房里大声说："这画我给好多人看过，全都笨蛋一个，什么也没看出来，还是咱哥俩有档次！"

老李忙了好一会儿，把菜端上了桌，两人为彼此都有如此档次而连干了三杯。待老张回到自己家里时，天都已经不早了。

老张累得一屁股坐在沙发上，掏出那张顺手从老李家拿来的画，又看了起来。正在一旁做作业的儿子问他："爸，你看啥？"

老张不失时机地开导儿子："这叫三维画，你眼睛盯着画中央看，看着看着里边就会跳出一个大青蛙来。"

儿子一把夺过画，说："给我看看。"他按老张说的，眼睛盯着看，可看了半天，什么也没看出来。他气得把画扔到一边，说："爸爸骗人。什么大青蛙，乱七八糟的。"

第二天，老张把画给老李送回去，见面后，忍不住解嘲似的说了一句："我那傻儿子，笨蛋一个，看了半天，啥也没看出来。"

老李接过画一看，愣了："你昨天看的是这张画？"

老张说："对呀，你儿子给我看的呀！"

"你从上面看出了大青蛙？"

"对呀，旁边还有两只小蝌蚪呢！"

谁知老李一阵哈哈大笑："错了，拿错了，这是我老婆医院里的色盲测视图。"

自杀的兔子

一只名叫弗特的兔子最近运气十分不好，和它一起生活了一年的同伴离开了它和别的兔子在一起了；它经常去就餐的菜园被主人竖起了栅栏；一只狐狸咬掉了它的一只耳朵，要不是它跑得快，它就很可能成为狐狸的美餐了。弗特陷入了绝望之中，留给它的只有一件事了，便是让这所有的悲伤、饥饿、痛苦有个结束。而这只有一个办法，那就是自杀。可是，弗特又有了一个问题：该怎样自杀呢？

弗特开始了思考，它想到人类有那么多自杀方式，为什么兔子就没有一个。而实际上，它为什么就没有听说有过一只兔子或别的动物自杀过。看来，好像只有人类知道怎么自杀。它意识到在动物王国里根本没有自杀的先例可以给它参考，忽然它想到何不给它的同胞创造出一个自杀的样例呢。

于是，每天弗特都在思考着怎样可以自杀。一天，它想到了一个很简单的方法，那就是憋气，它想如果没有空气那不就会死了吗。可是，它试了许多次，每一次到最后它都会忍不住张开嘴巴。最后，弗特得出了一个结论：憋气是不能自杀的。当弗特将这个结论告诉给其他兔子后，这个结论很快传开了，并受到饱学多识的山羊爷爷的极力推崇，不久，弗特被众兔子尊称为科学家。

接着，弗特又想到了一个方法，它想既然很多果子有毒，那一下子吃很多不就可以毒死自己了吗？于是，弗特去森林里采了一大堆果子，然后用石头砸碎混合在一起，弗特一口气吃了很多，不知不觉便睡着了。等它醒来后，它发现自己没死，反而感觉身体更好了。由此，它认为那些果子有强身健体的功效。弗特将这个想法告诉了它的同胞们，很快，弗特的结论得到了证实，那些果子混合起来不但能强身健体还能治愈多种疾病。弗特又成为了同胞们眼中的发明家。

后来，弗特还想到了一种比较新颖的方法。它想如果自己闭上眼睛一直往前走，一定会遇到很多危险，那样它就可以自杀成功了。于是，弗特闭上了眼睛离开家开始往前走，它走啊走，不知道过了多久，好几次它想睁开双眼都忍住了，终于它实在无法忍受饥渴了，当它睁开双眼，令它惊讶的是眼前是一片绿油油的草地，它欣喜地跳了起来，在这里居住再合适不过了。弗特记住了路线，当它回到原来的居住地时，它赶紧告诉了其他的兔子，同胞们到达那片草地后也都欢悦不已，不停地称赞弗特为伟大的探索家。

弗特受到了众多兔子的羡慕与尊敬，它们坚决要给弗特颁奖，感谢它为同胞们所做的贡献。在颁奖典礼上，年老的兔子哈克问弗特："你是怎么做出这么多成就的？"弗特害羞地低下了头，它轻声地说道："因为我想自杀。"声音很小，但是哈克还是听见了，这让它很是意外，但是饱有经验的哈克没有继续问下去，它不能破坏弗特在兔子们心中的地位。典礼结束后，哈克来到弗特面前，当它了解了弗特的先前遭遇后深感同情，最后它问弗特："你还想自杀么？"弗特摇了摇头："我没有理由自杀了，我已经有了新的伴侣妮亚，还有我没想到根本没有兔子介意我只有一只耳朵，现在我也不用担心没有食物了。以后我要努力成为真正的科学家、发明家、探索家。"

哈克微笑着点了点头："你很幸运啊，能从自杀中得到不小的收获。自杀是愚蠢的行为，可幸运的是你在自杀中运用了一种足以抵御一切的东西。"弗特望着哈克，显得不解："是什么？"

"智慧。"哈克笑着说道。

盎然做趣篇

自作多情

　　阿明调到新单位不久，这天熬了一个通宵，按办公室主任的指示，写了一篇万余字的工作报告。随后，他就拿着文稿去找打字员小丽帮忙打字。小丽正忙得不亦乐乎，但还是热情地答应帮忙。阿明连声道谢，小丽嫣然一笑，说："不客气，不过我打好以后，请你笑一笑。"阿明听了先是一愣：笑一笑？什么意思？

　　他转念一想：是不是小丽嫌我态度太严肃，光谢不成，还得再笑一笑？阿明因为是初来乍到，人头不熟，所以平时确实有点"不苟言笑"，现在人家姑娘如此落落大方，我一个大老爷们还有什么豁不出去的？于是鼓足勇气，冲小丽憨憨一笑，然后将文稿往她的打字桌上一放，这才离开。

　　下午，小丽拿着打印好了的文稿，笑眯眯地对他说："我打好了，都在这里，请你再笑一下吧！"阿明这次已经有了心理准备，一听小丽说"再笑一下"，就立刻对小丽微笑起来。小丽见阿明光笑不说话，有点奇怪："你快笑一下呀，我还有别的事呢。"

　　阿明听不懂了：我已经笑得这么卖力了，你怎么还要我"快笑一下"？他干脆咧开嘴，冲小丽哈哈大笑起来。

　　这一来，小丽火了，柳眉倒竖，杏眼圆睁，将打印好了的文稿往阿明桌上一甩："你这人有毛病啊？我叫你笑一下（"校"jiào），你就是不笑（"校"jiào），你不笑（"校"jiào），打印错误你自己负责！"说完，她气呼呼地拂袖而去。阿明顿时恍然大悟：敢情人家姑娘是叫我校对一下文稿啊！可谁让她把校对的"校"字念别音了呢？

　　嗨，瞧这事闹的！

趣味风情篇

在丹麦,年轻男子如能送给他的未婚妻一个棒槌,而且在棒槌上面刻有爱情诗句,这将会给他们带来好运和幸福。

丹麦的乡村婚礼也带有当地传统的色彩。婚礼的筹备要持续很多天,而且一切都必须秘密进行。因为如把结婚的喜悦流露出来将会招致恶鬼的愤怒和嫉妒。

——摘自《丹麦乡村人的婚姻》

为什么座头鲸会"唱歌"

每年6~10月之间,也就是南半球的冬天到春天段时间,大约会有1000只座头鲸从冰冻的南极溯海域游往澳大利亚的西海岸和东海岸,以及斐济岛附近的亚热带水域进行交配与繁殖,在大堡礁附近,经常会看到座头鲸三五成群地嬉戏和觅食。

一般来说,在澳大利亚最常见到的鲸种是座头鲸,一是因为它们不怕船,二是因为它们前进的速度不快,易于观察。

游动的座头鲸有许多明显易辨的特征:它们的身体是黑色的,喉部夹杂着白色;头部和下颚有瘤状突起;鳍很长,几乎相当于身长的三分之一,上面有许多寄生的贝类雄性座头鲸平均身长16米,雌性可17米,一只成年的座头鲸体重在3-4万公斤左右;座头鲸还有一项特殊的本领——"唱歌"。"歌声"是座头鲸用来辨认和求偶时发出的信号,在所有发声的动物当中,座头鲸发出的声波最长,声调最丰富,每一段声音可以持续10~15分钟,而且可以重复唱上几个小时。

澳大利亚研究人员对向澳大利亚东海岸迁徙的座头鲸进行了研究,在座头鲸来回嬉戏时,录下了几十个不同座头鲸群的几百种声音。研究人员将声音发射机安放在离鲸鱼很近的浮标上,同时从岸上远距离监控鲸鱼的交流。他们发现,很多鲸鱼发出的声音在音频图像上重叠,但也有些具有清晰的意思。雄性鲸鱼发出的声音其实是求偶信号,意思是想碰碰运气,与心仪的雌性交配。更有意思的是,高频率的喊声和尖叫声往往表示鲸鱼之间出现了分歧,在迁徙时雄性抢着去追求雌性,结果发生了争吵。

鲸鱼妈妈与幼仔在一起时，也会发出"呜呜"的声音。据研究人员介绍："呜呜声可能是我听到的最普遍的声音之一，也许是母亲在同幼仔进行交流。"鲸鱼群的交流与人类有明显的共同之处，它们显然是海洋哺乳动物，尽管离开陆地已经很久，但依旧遵循着相同的基本交流模式，真是太神奇了！

座头鲸已被世界自然与自然资源保护联盟列入濒危物种名单，全世界现存的座头鲸有3~4万头，约为人类现代捕鲸活动开始时数量的三分之一、因此，为了保护珍贵的海洋物种，同时也为了游客自身的安全，出海赏鲸时必须遵守以下几项规则：不可猎杀、追逐或惊吓座头鲸；不可潜入鲸群的领域，尤其是在鲸群交配、休息、进食或嬉戏期间；不可以打扰它们。当鲸出现在视线里时时，船长会将船速放慢以方便游客欣赏它优美的身姿。根据规定，船只不得接近鲸300米以内的范围，倘若鲸主动游到船只100米以内，最好采取按兵不动的策略，以免惊吓到它们。

观赏座头鲸也可以到温哥华。温哥华的海洋资源十分丰富，在海边散步时有可能看到海狮或海豹在岸边晒太阳。而到维多利亚内港，你会发现港口停着不少赏鲸船，因为赏鲸是这里的一大热门活动。

这里鲸的种类很多，搭乘快艇出海，在维多利亚附近的海域就有可能看到灰鲸。座头鲸等，其中最常见的是杀人鲸（Killer Whale）因为维多利亚附近的海域有3种杀人鲸，数量多达80只。

赏鲸的旺季为每年的5月到10月，在这段时间看到鲸的机会和数量都大为增加。一般有两种船只可以选择，一是开放式的快艇，另一个是半开放式的快艇。开放式的快艇可以和鲸鱼近距离观察，感觉比较刺激，可依个人喜好选择。

船上会有专业的导游随行，为游客讲解鲸的相关知识。

趣味风情篇

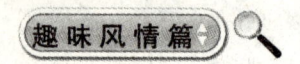

澳大利亚体育运动

按其人口比例来说，澳大利亚在世界体坛上的成就是非常出色的，它拥有很多冠军，可以说几乎在每一项流行的运动中都享有一定知名度。当然，这种体育上的繁荣局面并非归因于某个特定的因素，而是诸多因素共同作用的结果。

个人天赋固然重要，但机会也同样不可缺少。具有潜在冠军能力的运动员必须有机会通过广泛的俱乐部、以及州和全国性的比赛来在各自的领域内得到发展。

澳洲许多青少年从8岁或8岁以下就开始参加正规的比赛性体育活动。他们中有成千上万的人在每个周末都进行足球、板球、网球、曲棍球、篮球和游泳比赛。

体育在学校生活中也占有举足轻重的地位。学校每周都专门留有半天时间，用于校与校之间的比赛活动；此外，像赛马、足球、板球、网球和赛车一类的运动也同样吸引着众多的观众。与此同时，电视、报纸和广播里的大量报道更是刺激了人们对体育的兴趣和爱好。

澳大利亚人对体育的一大贡献就是他们进行的自愿冲浪救生运动，即对冲浪游泳者进行连续不断的护卫警戒。在大多数冲浪海滩上都有无数年轻人——他们都是优秀的游泳好手——自愿加入这些救生俱乐部。当救生员们在特殊的冲浪运动中互相拼搏、一比高低时其壮观场面如冲浪狂欢节一般，已成为澳大利亚夏季海滩上的一大景观。

此外，其他水上运动还有在游泳池或内陆水域里游泳、帆船运动、航海、冲浪运动、滑水运动、潜泳、摩托艇赛和钓鱼。在这里，钓鱼又分为很多种，有巨型猎物的渔猎、海滩垂钓、岩石垂钓和在淡水水域进行的钓鱼活动等。

　　冬天，澳大利亚山脉的雪上运动也很流行。近年来，为满足人们的不断需求，雪场设施迅速发展。当北半球为夏天时，越来越多的海外滑雪高手和教练纷纷来到南半球的澳大利亚，享受其银色的雪山胜地。

　　这里的足球主要有四种形式。其中，澳大利亚式橄榄球在澳洲6个州中的4个州里都是一项主要的运动。这种运动以18个人为一队，在辽阔的椭圆形场地上进行，具有快速、开放和粗暴的特点。联盟式橄榄球和业余英式橄榄球在新南威尔士和昆士兰地区非常流行。相比之下，踢英式足球的主要是各州的移民，但现在这项运动正日渐受到人们的欢迎。

　　澳大利亚其他一些流行的体育运动还有：男女式场地曲棍球、篮球、软式墙网球和田径运动。当然另外也有很多人着迷于棒球、垒球、乒乓球、射击、拳击、摔跤、现代柔道、射箭、划船、击剑、体操和十柱滚木球戏等。

　　赛马、马球和奥林匹克式的骑术等各种马上运动也同样受到人们的青睐。每年11月在弗莱明顿赛马场举行的墨尔本杯赛是最主要的赛马盛事，它不仅是墨尔本大都会区的公共假期，也是全国赌彩的焦点。

趣味风情篇

冰岛人的生活方式

冰岛位于广袤的北大西洋的中部，其地貌多种多样——不仅有广阔的沙漠，也有多岩石的海岬和峭壁。冰岛领土很大一部分都由冰雪覆盖着。在它的南部和西南部，气候温和；而在它的北部，气候却非常寒冷，年平均气温 −28℃ 左右。

但是，生活在这片土地上的人民却对自己的国家和祖先怀有一种强烈的自豪感。第二次世界大战后，冰岛完全从丹麦独立出来，这更加唤起了冰岛的民族精神。尽管本国人口不足，但他们始终拒绝接纳外来的移民，这典型地体现了他们的民族自豪感。

冰岛人对外国人的态度既友好又矜持，因此他们受外国人的影响非常有限。由于冰岛是北约的一个成员国，所以在雷克雅未克驻扎着5000名美国军人。他们对冰岛的影响只是带来了外国汽车和矿泉水而已。

冰岛人认为所有的国民都同属于一个大家庭，因而在冰岛不存在单独的家庭姓氏，这恐怕是他们生活方式中最奇特的地方了。他们通过源于父名的姓来区分彼此，只有那些不得不迈出国门的冰岛人才会偶尔采用一下姓氏。

大多数冰岛人靠农业谋生——人们的希望寄托在土地，即土壤上。依山坐落、孤立的山谷农庄是冰岛农村的一个特色。沿房屋下去是连绵不断的干草耕地，再往远处些则是一片片牧场。

羊和牛是冰岛的两种主要牲畜。每当春天来临，成群的羊便被赶到山里的牧场上，任其自由自在地在那里吃草游荡，一直度过整个夏天。等牧人们一闻到秋天的气息，他们便把羊圈起来向山下赶去。挑选牲畜的日子简直像过节一般，到处都会洋溢着狂欢的气氛。

像其他一年中冬天和黑夜占多数的国家一样，冰岛人生活的中心是他们的家。以前，冰岛人用木头来建造房子，但现在，水泥已成为城里建房的主要材料，就是在农村，人们也改用石头和泥炭。一个典型的冰岛住房四周都是草地，然后由土墙把它和农场分隔开。这些房子住起来非常舒服，能有效地抵挡严寒。整个漫长的冬天，冰岛人都极少出门；若必须出门时，他们常常在厚厚的毛料或毛皮衣服外面再套上一层雨衣，以挡湿气。

分散的农舍是这个岛国的一大问题。这种隔离感对冰岛人的性格和生活习惯影响非常明显。孤独和寂寞养成了他们强烈的宗教意识，也形成了他们沉思和回忆的习惯。当然，另一种影响就是家在这里成了一个自给自足的单位。

趣味风情篇

充满传奇的美国蒙大拿州

1743 年，当一位法国冒险家第一次站在起伏的蒙大拿平原上，望着西边高耸的白色山峰时，他说道："这真是个耀眼的山的世界。"虽然东部平原占据了该州的 2/3，但它的名字却来自于西部——蒙大拿，西班牙语是"山"的意思。最早是西班牙人宣布了对这一地区的所有权，后来被割让给了法国，1803 年，它又作为路易斯安那州的一部分，被卖给了年轻的美国。

蒙大拿州历史上许多有趣的事件都是发生在这片山区。昔日的冒险家们曾在那里发现了黄金、银矿和丰富得令人难以想象的铜矿，而最后一项发现造就了这一地区最重要的工业企业之一——阿纳康达铜矿。淘金时代在蒙大拿留下了许许多多的"鬼城"（被废弃的城镇）。至今，仍有几个还立在那里，如历史遗迹一般，让人想起那个不法之徒横行各地、抢劫过往马车的"狂野西部"的时代——那段历史使人们在后来的电影和电视里塑造了成千上万个西部人的形象。

今天的蒙大拿州已没有了昔日歹徒对驿站马车的抢劫和印第安人的战争，但它在许多方面仍带着开拓新边疆时代的气息。20 世纪之前在那一地区的 7 个印第安人居留地生活着数万印第安人，他们戴着羽毛头饰，每年都举行丰富多彩的欢庆舞会。而在广阔、与世隔绝的大牧场上，西部牛仔放牧着牛和羊，并穿越整个州的许多小镇向人们表演他们的牧马骑术。如今，人们在蒙大拿州仍能看到大片大片的空地，它们还像第一批探险者到来以前那样处于原始未开发的状态。

由于气温和地域上的极端悬殊，这一地区的人口一直不多。虽然从面积上讲，蒙大拿州在美国各州中占第四位，但在人口上却排第44位——只有70万人——也就是说，这里大概一平方英里只有5个人，而在整个美国，每平方英里平均则是50个人。农业——尤其是小麦和养牛业——是蒙大拿州收入的主要来源。采矿在经济中仍占据着重要的地位，但制造业却比较落后。蒙大拿州主要是美国的一个原材料产地，那里人们所需要的商品却要靠进口得来。

　　在蒙大拿的产业中，旅游业是它的强项。每年来度假的人们会花上近两亿美元，来欣赏这里蔚为壮观的山峰、数千英亩的荒原、水波荡漾的湖泊、绵延的松树林和流水湍急的瀑布。这里最壮观的地区应数冰川国家公园，它方圆1560平方英里，都是冰雪晶莹的原始山地。该公园共有六十多处冰川和200个由冰川形成的湖泊——无论对美国人或是其他地方的人们来说，这里都是美国最美丽、最迷人的风景区。

趣味风情篇

丹麦乡村人的婚姻

订婚、结婚、生孩子是组成一个新家庭的三部曲,丹麦人在此方面的特殊习俗反映了他们国家的独特文化。

在世界上的其他地方,人们送给恋人的订婚礼物通常是戒指或鲜花。而在丹麦,年轻男子如能送给他的未婚妻一个棒槌(就是过去人们在小溪里洗衣服时用来击打衣服的工具),而且在这些棒槌上面还刻有爱情诗句,这样将会给他们带来好运和幸福。

丹麦的乡村婚礼也带有当地传统的色彩。直到今天,丹麦的乡村婚礼还是一件关系到全村所有人的大事。不言而喻,同村的每个人都会接到邀请,来和新婚夫妇共同庆贺。婚礼的筹备要持续很多天,而且一切都必须秘密进行,因为如把结婚的喜悦流露出来将会招致恶鬼的愤怒和嫉妒。

在婚礼的那天早上,新人在新娘家的院子里见面。亲朋好友一一上前拜会,向他们鞠躬并把礼物放在他们脚下,然后,他们围成一圈,准备来鼓掌欢迎来访的客人。每送上一份礼物,人们都会颂上一句祝词或诗歌来祝福新人。礼物越是平淡,祝福的话就越是精致。那些既没钱买礼物又没有想象力来致辞的人则被安排来照看礼物,并在晚上为新人守床,以此来表示他们的友好祝愿。

在仪式快要结束的时候,人们将一大缸啤酒搬进院子。这对新婚夫妇把他们的手在酒缸上握在一起,然后,酒缸被打得粉碎。这些碎片由在场的适婚女子捡起,据说捡到最大碎片的女子注定将第一个结婚,捡到最小块的女孩将注定终身不嫁。

婚礼中的宗教仪式在中午举行,然后是欢宴和庆祝活动。庆祝活动一直持续整个下午和晚上。第二天早上，客人们在回去睡觉之前，按惯例还要到新婚夫妇的窗下唱上一首小夜曲，来唤醒他们。歌曲的内容是向新人诉说将要面临的婚姻考验。

结婚之后，接下来便是孩子的出生。当儿子出生时，家中年龄最大、最有智慧的女人必须在孩子出生的第二天晚上到孩子的房间，为他祈求神的保佑。在过去，一家人通常在黄昏时还要围着摇篮跳一些驱邪的舞蹈，来确保孩子得到神的保护。

如今，城市里的现代丹麦人大都放弃了这些古老的习俗，但在乡村比较传统的生活方式中，仍依稀可见它们的影子。

趣味风情篇

法国人的礼节

　　法国人不爱在家里招待客人是出了名的。人们对法国人待客冷淡的感觉多是基于在巴黎的经历。在那里，日常和商业生活是如此之繁忙，人们都喜欢一家人自己享受清静。但是，如果你去到别的地方，你就会发现法国人其实和其他地方的欧洲人一样热情好客。

　　今天，年轻人已不再受他们父母那一代正规标准和义务的约束。他们邀请亲友吃饭时，已变得比较随意，只是提前几个小时打个招呼就行了。至于用在招待上的花费要视地点和他们生活的方式而定。越是靠近乡下，你就越能感受到人们对你的热情。有时，你会遇到一些年轻的农民，他们是那么地热情，甚至令你觉得不好意思。

　　我对法国人唯一的不满就是，他们习惯于要么请你吃一顿佳肴美餐，要么一杯水都不给你。当你去看一位法国人，你们也许会谈上个把小时，在此期间甚至连杯咖啡或白水都没有。他这样做并不是因为小气，只是根本就没想到这一点。若遇上闷热、累人的天气，那就讨厌了。所以，明智之举就是提前十分钟便起身告辞，要不就是当你慌慌张张到达时，不妨对主人直说：

　　"我很渴——你能不能给我一杯水？"这会让他们很不好意思，马上给你拿出一杯苏格兰威士忌。若在别的国家，客人一进门，主人就会端上一杯喝的或一些点心之类的吃的，这样的礼遇在法国是不可能的——业务来往中情况也是如此。但一些管理人员现在已在效仿美国人的习惯，在办公室里放上一个酒柜，以招待特殊的客人，但这种现象还不太常见。

　　法国各省区的居民总的来说要比巴黎人好客，不过在巴黎，情况也有不同。比如，有这么一对在巴黎工作的英国夫妇，他们和两个法国公务员成了朋友。他们一起友好地共进午餐，有时，这对夫妇还请这两个法国人来参加晚会，可在法国人那边，竟毫无动静。直到有一天，他们在同一地方的花园住宅里度夏——在那里，这两个法国人一顿又一顿地设下盛宴，来招待这对英国夫妇，极尽殷勤和热情。但一回到巴黎，他们便又拉上了铁幕。当然这是一种大城市的常见病，并不只是在巴黎才有。

  在巴黎的时髦阶层仍存在着很强的礼仪传统。在这里，宴会习惯依然是最具伦敦特色的爱德华式：

  打印的请帖、晚礼服、戴着白色手套的侍者和上酒菜的僵硬仪规。这里人的想法是，如果要在自己家里举行晚会，你必须把它搞得尽善尽美，否则干脆就别办。这就是为什么他们不经常举行宴会。事实上，正规的传统在日渐消失，不过，即使在比较随便之中，巴黎人仍希望追求完美。在这里，人们习惯地把自己关在一个小圈子里，和自己的挚友在一起，他们显得由衷地坦诚和热情。除此以外，似乎极少愿意结交圈子以外的新朋友——他们太忙，太累，而且巴黎的生活节奏也太刻板了。

趣味风情篇

法国人的社交

　　由于法国人把忠诚首先给了家庭，所以，等轮到友谊时，他们显得比盎格鲁—撒克逊人更加挑剔。一个法国人可以在咖啡馆里或火车上很随和地和一个陌生人聊天，也可以和他们很热烈地讨论，但一切谈话都是匿名的，决不涉及个人问题。

　　在与人交友方面，英国人和美国人显得更加开放，更容易与别人发展成为朋友，请他们去家里，喊他们"比尔"。法国人自己也承认，他们在结交新友时非常小心，因为大家所生活的这个社会毕竟在很大程度上还建立在人与人之间的猜疑上，所以，要消除彼此之间的不信任，必须多交谈才行。

　　但话又说回来。法国人认为，英、美式的所谓友谊非常肤浅。法国人不轻易发展真正的友谊，他们的友谊多在年轻时形成，或是历经多年在同事熟人中发展起来。不过，一旦友谊形成，它将是持久的、忠诚的。但除了在高级管理人员阶层以外，办公室同事之间通常没有什么社交，不同等级的职员之间发展普通友谊的更是少见。这使那些在一个陌生城镇，尤其是在巴黎工作的人们深感寂寞之苦。好在在过去几十年里，这种模式已发生了变化，尤其是在年轻职员间和那些采用美式工作方法的新型办公室里。

　　另一点我们还要提到的就是法国的拘谨礼仪。尽管法国人发表意见时可以坦率直言，但在举止和行为上却出奇地保守。从某种意义上讲，这反映了法国社会的势利：

　　因为它所注重的不是一个人的品行，而是他的地位和学历，但另一方面，我们也不能绝对地把这种社交礼仪误认为是一种冷漠。

其实，有些时候，恭敬的礼节在老年人当中是一种彼此之间表达温情的方式。

在传统的上流阶层，你甚至会遇到一些老年夫妇依然按照旧的传统用"您"来互相称呼，而且，在这个圈子里，妇女比男性更加注重礼节，就是在她们彼此之间也是如此。我认识两对五十多岁的夫妇，两个男人是关系很近的朋友，用"你"和姓氏来互相称呼对方。可他们的妻子两人虽然也很熟，仍是互称"女士"和"您"，不过，在他们的成年孩子当中，称呼已变成"雅克斯"、"奥迪尔"和"你"了。

不管怎样，这些年来，年轻一代对传统的、拘谨的社交方式已难以忍受，这一点在新的休闲和度假习惯以及他们的服饰上可以看得出来。在法国，人们之间互称教名已越来越普遍，甚至比在德国还要普遍，虽然仍不如英国和美国。这仍是一个不同时代人的生活习惯的问题。

趣味风情篇

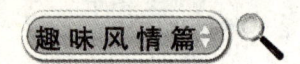

巴黎为什么会成为世界文化中心城市?

巴黎是享誉全球的世界文化中心,巴黎的文化地位,与法国的强国之路是密不可分的。法兰西国王路易十四当政时,为法国综合实力的提升打下了初步的基础。而拿破仑第二,使法国在19世纪成为了当时的殖民大国、世界制造业中心、金融中心、文化中心。

那么,巴黎作为世界文化名城是如何形成的呢?主要有以下几点:

1. 乘工业革命的快车,积极开展文化外交

19世纪中期,巴黎是当时世界上最大的制造业城市,最主要的金融中心之一。它拥有一支年轻而又积极向上的从业队伍,具备了基本的铁路设施,并开始把自己改造成一座现代城市。第二帝国时代,法国的经济才真正进入大踏步前进的阶段。国家政治局势的安定为工业高涨提供了有利的环境。拿破仑三世政府的经济政策也顺应了工业资本主义发展的潮流。第二帝国晚期,重工业、机器制造业的迅速发展和工业装备农业的状况表明,法国的工业革命已经完成。从生产力总量来说,法国当时仍是仅次于英国的世界第二工业大国。

也正是在这一时期,巴黎开始了大规模的改建。拿破仑三世亲自绘制了巴黎城的整治蓝图,其目的是要建设一座世界上最美丽的城市,使巴黎成为欧洲的大都会,把人们从欧洲各地吸引到巴黎来,从而为法兰西第二帝国增添荣耀。

随着法国国力的逐步提升,巴黎还举办了多届世博会及其他领域的各种世界级别会议,巴黎在各个领域引领世界潮流并成为世界

经济、工业、文化中心之一。

从 1878 年开始，巴黎万国博览会的举行推动了科学和技术的进步。在 1889 年的博览会上，新建成的埃菲尔铁塔不仅为巴黎增色不少，也向世界昭示了法国的钢铁建筑水平。1900 年的博览会为今天留下来大宫和小宫，他们后来被改造成博物馆，用于长期或临时的展览。1900 年巴黎还建成了法国的第一条地铁线路，以及塞纳河上最宽阔最华丽的亚历山大三世大桥。

巴黎名目繁多的博物馆和艺术展览馆是其国际化的重要标志。巴黎城市博物馆和展览馆的历史可以追溯到旧王朝时期，19 世纪后半期又增加了大批展馆。例如 1880 年建立的卡尔那瓦博物馆和 1898 年建立的巴黎历史图书馆就是巴黎历史的见证。但是直到 20 世纪初期，在巴黎继续保持自己的世界艺术之都的情况下，它才逐步建立起自己的文化美誉。除了 30 年代的一些与博览会有关的建筑外，大多数主要的国家机构都是游客心驰神往的地方，如 1909 年建立的警察博物馆、1920 年建立的航空博物馆、1925 年建立的荣誉勋章博物馆、1934 年建立的公共救济事业博物馆和 1946 年建立的邮政事业博物馆等。有些博物馆专门为展出某艺术家的遗作而举办，如 1903 年举办的古斯塔夫·莫罗作品展，1919 年举办的罗丹作品展和 1934 年举办的马蒙丹巴黎市立博物馆莫奈作品展。还有些博物馆的展出具有慈善性质。例如 1913 年举办的雅克马特·安德烈作品展，1929 年举办的科纳克·雅伊作品展和 1937 年举办的尼西姆·卡蒙多作品展。

2. 利用法语的魅力传播法国文化及思想

18 世纪的欧洲，一股"法语热"风靡除了英国之外的几乎整个欧洲。其时，在其他国家的贵族沙龙中，乃至在宫廷里，人们皆以讲法语为荣。更有甚者，当时不仅法国启蒙思想家被欧洲各国的所谓"开明君主"接二连三地请入宫廷，待若上宾。就连一些并无特长的法国人，仅仅因为会说法语，亦纷纷被各国的王宫显贵、富商巨贾请入家中担任家庭教师。

法语被公认为世界上最优美的语言之一。它的最突出特点是优美动听、清晰悦耳、准确生动。从语言学角度来讲，法语主要属分析型语言，但它也具有综合型语言的特长，融合了拉丁语的严谨和希腊语的细腻，构成了独特的法语风格。马克思曾说过："法语像小河流水，德语像大炮。"作为德国人的马克思在这里并没有褒贬之意，他只是形象地指明两种语言的不同特色：法语优美和谐，德语雄壮有力。历代名人对法语特色都有过描述，这些描述不一定全面、准确，但有助于了解法语的特征，也能给人以深刻印象。

在18、19世纪，由于法国文化艺术在欧洲处于高峰期，法国作家里瓦洛尔断言"法语由于其表达的可靠性、社交性和合理性，不再只是法兰西语言，而是世界性语言"，"表达不清楚的不是法语"，"法语首先说出说话的主语，然后出现动词，即表达动作，最后出现的是这个动作的补语，这就是法语的自然逻辑"。里瓦洛尔在这里既指明了法语的清晰准确，也言简意赅地指明了法语句法的合乎人类思维理性的语言逻辑特点。

17、18世纪，法国的文化艺术有过辉煌成就，启蒙运动影响遍及欧洲，同时也使法语风行全欧。狄德罗、伏尔泰等著名哲学家经常受各国宫廷邀请讲学或当顾问，各国君王也以能与他们通信为荣。当时，欧洲各主要国家宫廷中都有法国人充当国王秘书、部长、政府官员、工程师、建筑家、画家、科学院士、芭蕾舞教练等等。许多国家的国王、王子、皇帝、皇后，诸如弗里德里二世、约瑟夫二世、加德琳二世等都能说一口流利漂亮的法语。大家知道，俄国著名作家列夫·托尔斯泰、屠格涅夫等都能用法语写作，便是明证。

1714年，《拉斯塔特条约》第一次正式将法语作为条约文本的唯一语言，至此确定了法语作为外交语言的特殊地位，直到第一次世界大战结束。由于英语的崛起，特别是第二次世界大战后，英美国家经济的迅猛发展使英语风行欧洲及世界其他地区，法语的地位则相应地逐渐下降。两次世界大战期间，在波兰、捷克斯洛伐克、匈牙利、罗马尼亚等国的中学和中专学校里，法语是必修课程。在瑞典、埃及、叙利亚、伊朗等国的学校里也优先教授法语。

20世纪50年代，法语在原属法国和比利时殖民地的国家和地区仍有重要影响，而在欧美的拉丁语国家里，高层知识分子也仍然崇尚法语。它在西班牙、葡萄牙等国一直是第一外国语。在拉丁美洲，法语与英语基本处于同等地位。在北欧、东欧、亚洲则常常被英语或德语取代或超过。联合国组织规定英、法、汉、俄、西、阿拉伯6种语言为联合国机构的工作语言。但实际上，英、法两种语言是联合国各机构及会议的最重要工作语言。

2002年，联合国代表大会接纳瑞士为会员国，使其成员国达到190个国家，其中约有30多个国家的代表团用法语发言。而在"国际外交最高研究院"和"万国邮政联盟"，法语一直保持着唯一正式语言的殊荣。这也是国际邮政业务中一直通用法语的原因。这一切充分说明了为什么法语在大部分国家的学校里都受到极大的重视。

3. 总部设在巴黎的国际组织是传播法国文化艺术的重要平台

巴黎最有名的国际组织是联合国教育、科学与文化组织，创建于1945年，它是联合国总部下属的第一大分组织，在全球有3000多名工作人员，仅在总部就有2000名。目前拥有191个会员国，还有数百个非政府组织与联合国教科文组织保持着密切联系。其宗旨在于"通过教育、科学和文化来促进各国间之合作，对和平与安全作出贡献，以增进对正义、法治及联合国宪章所确认之世界人民不分种族、性别、语言或宗教均享有人权与基本自由之普遍尊重。"

成立于1961年的经济合作与发展组织，简称经合组织，，如今拥有30多个成员国，都是世界发达国家。其主要活动包括：对当今世界经济和社会发展的各个领域进行前瞻性研究并提出政策选择，包括数据采集、分析、政策研究和建议，为各成员国和其他国际组织的政策制定提供依据；通过定期审议各成员国的经济社会发展状况和实施的政策，保证经济和社会的协调发展；与非成员国家开展对话和合作。其中，中国、俄罗斯、巴西、印度和印度尼西亚等国是经合组织对话与合作的重点对象。

成立于1904年的国际汽车联合会已拥有213家汽车组织成员。它主要致力于保护汽车消费者的利益,促进世界汽车运动的发展。而成立于1971年的医生无国界组织则是一个非营利的国际非政府组织,曾于1999年获得诺贝尔和平奖。最初的成员只有法国医生,目前该组织的成员已经遍及全世界,是全球最大的独立医疗救援组织。

4. 巴黎是诞生先进思想的地方,也是吸收不同文化的城市

在巴黎,催生了自由、平等、博爱等价值观。这些价值观主要源于18世纪的启蒙运动,包含理性主义、社会主义、民族主义、爱国主义、主权学说、宗教宽容等内容的启蒙文化,极大的丰富了人类的思维方式,对世界历史和人类的命运产生了深远的影响。启蒙运动是启蒙思想家们发动和领导的一场思想解放运动。他以科学和理性为武器,去揭露宗教蒙昧主义,反对宗教狂热、迷信,反对封建专制主义的特权和黑暗统治,并由此给人类带来民主与科学之光。科学和理性的进步必然带来开放的意识,18世纪的启蒙作家们无一例外都是世界主义者。他们博采众长,继承各国先进的思想,也坚信自己代表着整个人类的利益。当他们审视宗教、社会问题时,目光早已超越了国界,各民族的事实和经验都是他们论证的根据。法国启蒙思想对人类进步的贡献是有口皆碑的,它早已镌刻在各民族自己的文化史中,从德国的"狂飙运动"到俄国的"十二月党"人,从北美独立战争到中国的辛亥革命,所有这些民族革命都从法国启蒙思想中找到了适合于自己的理论和思想武器。

从19世纪末到1949年短短的50年里,海内外的中国革命者连续三次把目光投向法国,他们发现法国简直是一块圣地,那里充满了中国的政治行动所需要的灵感(改良派、革命派、中国共产党人)。第一次世界大战后,人们发起了一场赴法勤工俭学运动。从1919到1925年,共有差不多2000名学生被派到法国,其中有周恩来、陈毅、李富春、聂荣臻、邓小平这样一些未来的领袖人物。

4. 一系列杰出人物成为巴黎和法国的名片

一个国家的文化的兴起和繁荣,需要伟大人物的诞生。因为伟

人可以起到指引江山、开辟道路、扭转局面的中流砥柱作用，他们是巴黎文化交流的主角，也是法国，欧洲乃至世界文化的优秀代表。法国文化的兴起是从路易十四开始的，在征战欧洲、开拓海外殖民地的同时，他自己身体力行，力图把法国打造成文化大国。之后几个世纪的法国出现了一大批彪炳史册的伟大人物，包括政治家（如拿破仑一世和三世）、哲学家（如伏尔泰、卢梭）、文学家（如雨果、左拉）、艺术家（如罗丹、莫奈）、科学家（如居里夫人）等，他们具有伟大的抱负、忧国忧民之心和雄材大略。

巴黎是个融贯中西，博采众长的城市，这为巴黎始终保持世界文化中心地位提供了源动力。[1]

---

[1] 参阅《公共外交季刊》P 96 贾烈英 2013 春季号

复活节的彩蛋

当春天第一束花开的时候,复活节便来临了。它是纪念耶稣基督死后复活的节日,是基督教里最古老的节日。

除了传统上的复活节出游以外,赠送复活节彩蛋和近年来新添的赠送复活节礼物是这一节日的主要特色。父母们送给孩子们各种各样的彩蛋——煮熟了的彩蛋、巧克力蛋和杏仁彩蛋——此外,还有复活节小兔、糖果以及别的礼物。在德国的一些地区,孩子们就向他们的亲属们"征集"各种各样的彩蛋,尤其是他们的教父、教母们。

人们常常把彩蛋埋在花园或藏在屋内,孩子们要在复活节周日的早晨把它们找出来。大人们说是小兔送来的彩蛋。这个匿名的神秘小兔如同圣诞老人一般,不过它却不像圣诞老人那样爱教育人,因为它的彩蛋对所有的孩子都一视同仁,并非只送给那些听话的孩子。

在德国的一些地方,人们还保留并发展着某些复活节彩蛋的游戏。比如,孩子们在长满青草的坡地上滚动彩蛋,比赛看谁的滚得快;或者,他们拿鸡蛋的尖头相互碰撞,谁的鸡蛋不破,便可得到对方破了的鸡蛋。在有些地方,这一风俗甚至成了当地节日的名称。

复活节礼物的发展也非常有趣地反映出文化和社会的变迁。历史上有关彩蛋的记载最早可以追溯到 1230 年。直到 16 世纪和 17 世纪,人们才开始把彩蛋作为礼物来赠送。在巴洛克时代,订婚的男女青年互送彩蛋竟成了一种习俗,并且在中欧和东欧的一些地区延续了很多年。

但说到彩蛋的来源,人们却不甚了解。人们送彩蛋的一个原因也许是,随着春天的来临,鸡开始下蛋了。在复活节前后,农户手里有很多鸡蛋。另一个解释是,复活节的到来标志着斋戒的结束,人们又可以吃鸡蛋和肉了。

然而,复活节形成的一个关键原因也许与当时的税收有关,农民们要向领主、教堂或他们的牧师交税。复活节是交税的最后期限,大量鸡蛋便成为一种抵作税收的物品被交了上来,而领主,尤其是教堂和寺院,就拿出其中的一部分施舍给了穷人。

在现代社会里,所有人都享受平等的权利和义务。这一习俗的意义当然也发生了变化,复活节彩蛋已不再具有原来那种慈善的色彩,而变成了"给人带来惊喜的礼物"。人们互赠礼物,以便带给朋友和亲人一份惊讶,一份欢乐。

感恩节的故事

感恩节是美国人向上帝表示谢意的节日。对于美国人来说，这个节日具有特殊意义，它可以追溯到一群为寻找自由而来到这个新世界的人们。

1620年，102名在海上受尽磨难的朝圣者在科德角半岛登陆了。他们乘坐的"五月花"号船原本是要去弗吉尼亚的，但却在很北的地方靠了岸。经过几个星期的考察之后，这些殖民者决定放弃去弗吉尼亚的计划，而就在登陆的地方定居。他们选择了普利茅斯港附近地区作为殖民地。当他们走上岸来，进入这个完全陌生的世界时，他们不仅失去了外面的所有帮助，也不知道任何生存的办法；而同时，在森林深处还住着印第安人，他们中的一些人对白人充满了敌意。这给他们的日常生活增添了巨大的困难。但一望无际的森林给了他们希望，就这样，他们度过了第一个严寒的冬天，并生存了下来。在第二年的秋天，殖民者迎来了他们的第一次收获。在1621年的11月，定居者用三天的时间来庆贺和向上帝表示他们的谢意，感谢给了他们一个好的收成。他们的印第安朋友也被邀请来参加他们的节日和宴会。

这个有关朝圣者的故事在美国人中已是众所周知。每年，每当感恩节到来时，学校便向孩子们一次又一次地讲述这个故事。感恩节日的时间是11月的第四个星期四。

今天，许多在美国过感恩节的人并非是英国移民。人们把这一天看做是一次家庭聚会，大家一起来享受传统的火鸡宴，彼此诉说自己值得庆幸的事情。那些上大学或居住在外的年轻人，常常会赶回家来吃这顿饭。如果是父母都上了年纪,他们已成年的孩子或别的亲属会来准备这顿盛宴。

感恩节的菜单基本和以前一样:烤火鸡、馅饼、越橘汤、甜土豆、马铃薯泥和南瓜饼。

在这里,值得一提的是南瓜饼和火鸡。早在哥伦布到达西印度群岛之前的几个世纪里,印第安人就已种植南瓜了。他们把蜂蜜加在上面烘烤着吃。作为感恩节饭菜的一部分,南瓜有很多种做法。但整个来讲,这一宴席的主菜是火鸡,人们选择它是因为可以填饱很多人的肚子。虽是出生在同一个国家,各地美国人的风俗也有不同,但大多数人都把火鸡与肉饭和美国面包一起吃。

对于享用这些食物的人们来说,这一菜单让人觉得很古老、很乡村、很自然,就像是1621年的普利茅斯一样,所不同的只是它比那时更好了,更简单了,更有美国味了。它在人们心中唤起一种强烈的怀旧感觉和对美好的、"普通"生活的渴望。几乎没有美国人会或能够用语言表达出这些感觉,他们所做的只是享受饭菜,并赞扬主妇的手艺和这一传统。他们明白,感恩节是一种历史悠久的、民族的"东西",他们吃下去的是历史的象征,因此,他们觉得自己在重新拥有祖先们曾拥有过的某些品质。

趣味风情篇

可爱的瑞典人

瑞典民族是欧洲最可爱的民族之一,其魅力来自于这一民族性格中明显存在的矛盾性。在社会关系上,他们显得出奇的保守,不论在家里或是与朋友和生意上的熟人见面,他们的行为都有严格的社会规范。但另一方面,他们又是世界上思想最进步的民族之一,总是随时张开双臂接受任何新的思想。

在瑞典,一切社交场合都要遵循一定的规范和传统,而这些传统又具体表现为如鞠躬、握手和问好的礼仪。每当有客人来访,瑞典人一成不变的问候是"欢迎您"!

等客人离开时,主人也会告诉他"欢迎您再来"。这些可爱的字眼成为瑞典人社会生活中牢不可破的一部分,它们给这种生活抹上了一层昔日礼节的优雅风度。

同样引人注意的是瑞典人对现代技术设备的接受。在瑞典,游客们根本不用劳神到处去寻找电话,主要街道和公路上每隔一定距离便会有一个电话亭。又如在教堂,那里的长凳上配有助听器,为的是方便那些听力有困难的礼拜者。瑞典人的家可以说是世界上设备最完美的家之一,而来瑞典的观光者也因那里高效的现代设施深感轻松和愉快。

瑞典人是一个非常讲求效率和极为能干的民族。对他们来说,准时不只是一种美德——而是一种生活的原则,它来自于这个北欧民族最迷人的性格特点:对朋友、熟人,尤其是对来访他们国家的客人的尊重。不管自己付出多少代价,瑞典人总要尽力避免给别人带来任何不便。

这种对人权的尊重渗透在瑞典的整个社会体制中，它使一切拥有社会权势的人，不论是政治家还是官僚，在面对公众和来访者时，都不得不表现得谦恭有礼。这种谦恭的态度在瑞典已被发展成为一种社会意识，一种建立在纯粹的斯堪的纳维亚民族文化之上的生命的精神。

可爱的意大利人

去意大利总是件令人心旷神怡的事——你一定会喜欢那里的人,因为和他们待在一起,你总能明白心里的感受。他们把你当做一位游客接近时的方式是那么地直接,它给你一种赏心悦目的感觉;他们对你的好奇不乏友好之情,因为他们所感兴趣的是你的人格。比起他们的表兄法国人和西班牙人,意大利人显得不是那么理性,但却更加开放,更加容易接近,尤其是更加的多情。比如他们会骄傲地把自己家人的相片拿给你看,并同时还要看你的。总之,这些友好的人们会以各种方式把自己展示在你的面前。

意大利人远非只是可爱。我们知道,这是一个承受过很多苦难的国家,虽然经济的进步使人民的生活水平已有了很大的提高,但人们仍在艰苦地为生存而努力,尤其是在南部各省。

在节日上,你可能会看到长着黑色眼睛的那不勒斯人引吭高歌,但你想象不到的是,这些人回到贫民区的家里后有可能会愁眉苦脸地为生计担忧。意大利人有一种活法,那就是保持美好的门面:第二天他们还会回来,继续唱歌、跳舞和欢笑,这就是迷人的意大利人。他们身上所折射出的生命力是一种人类精神对环境的胜利。

在意大利人的性格中,另外关键的一面是,他们是周围众多美好东西的继承者和骄傲的拥有者。不管他出身多么贫寒和卑贱,每一个意大利人对古迹、建筑、绘画和音乐都充满了尊敬之情。此外,在艺术家和工匠浑然一体的悠久历史背景下,意大利人对从祖先手里传下来的技术和工艺也表现出一种古老而传统的敬意,正是这种精神使他们成为西方世界中最优秀的劳动大军。

意大利人的家庭是包括经济在内的所有生活的基础。不过，你却很难看到这些家庭的真实面貌。城镇越大，其工业化程度越高，陌生人想要了解意大利家庭时所遇到的困难就越大。只有在一些小镇上，当游客成为某个家庭小店的常客以后，他才能真正理解家庭在意大利人心目中的力量和重要。在南部地区，除非他要娶某家的一个待嫁之女，否则，他是不能带她去电影院的。在这些宗族式的家庭中，你可以看到婚姻意味着一切，而爱情——至少是那种美国人眼里的浪漫爱情——与年长意大利人所说的"明智的婚姻"相比，是第二位的。一桩"明智的婚姻"不仅能加强家庭的力量，还能增强其生意或行业的实力。

在意大利，谁是失业者，谁不是，这是个很难回答的问题。不论是战前或是战后，你都很难说清谁是有工作的和谁是失业者。在那些贫穷的大家庭里，只有少数几个人拥有固定的工作和收入，其他人都在家里帮助做饭、打扫卫生或采购。有些人虽在他父亲的店里干活，但在官方的登记却是失业者。不管怎么说，意大利的家庭是欧洲甚至整个世界里最有凝聚力的家庭团体，所以，意大利人对外国人有种本能的了解。

意大利人可以移民去美国、加拿大、拉美、英国、法国和欧洲的所有地方，但他们都会和远在国内的家保持着联系，不管这个家是在意大利南部的西西里或卡拉布里亚，还是在北部的罗马、爱米里亚和皮德蒙特。他们给家里的爸妈写信，给他们寄钱，这使留在家里的人对外面的世界充满了美好的想象。不论你来自哪个国家或城市，一个意大利人几乎总能在那里给你找出一个他的堂兄或表妹。这些，就是人们熟知的"阳台帝国"的意大利人。

美国人的宗教

美国宗教的主要特点就是多样化。虽然基督教一直是美国人的主要信仰，但还存有二百五十多种其他宗教派别，美国人对其他宗教采取容忍和宽容的态度。——不论它是基督教或是非基督教。

这种对宗教的宽容态度也许应追溯到早期殖民地时期。在最早的移民当中，清教徒占有很大的比例，他们来到这个新世界就是为了追求宗教上的自由，以自己的方式来实行他们的宗教和敬仰上帝。这就是为什么这个国家的祖先们要求从法律的角度来保证宗教的自由。美国宪法的第一次修订案中就规定，禁止成立任何正式的、全国性宗教，并禁止州或联邦对宗教机构和宗教行为进行任何形式的干涉。

现在，大概有60%的美国人与某个教堂有联系。而在他们当中，95%属于基督教。近5%是犹太人，只有极少数的美国人信仰其他宗教。在与教堂有联系的人中，大约有58%的是新教。而美国的新教又分成二百多个分支，最主要的新教派别为：循道宗教、浸礼会教派、路德教派、长老会教派和主教制信奉者教派。

虽然各派新教综合起来形成了美国的主流宗教，但是美国最统一的宗教团体并不是新教，而是罗马天主教。美国有4800万个天主教教徒，由于许多天主教徒把他们的孩子都送进了教会学校，所以，天主教基金会建起了几千所小学、中学和很不错的学院和大学，而且，天主教成员在美国政治舞台上也起着突出的作用。

美国的第三大宗教是犹太教。在安息日期间（从星期五的日落到星期六的日落）正统的犹太教信徒不驾车，也不做生意。此外，犹太教的传统中还有一些饮食上的禁律，比如禁食猪肉和某些海鲜，禁止把牛奶制品作为餐桌上的食品等等。不过，犹太教的改革派却不受这些清规戒律的约束。

虽然，宗教仍存在于美国人一生中重大事件的习俗和庆典中——如出生、成年、结婚和死亡，但它对人们行为和思想上的影响已呈日落西山之势。美国人想听取个人忠告时找的不是神父，而是心理医生和职业咨询者。20世纪是一个世俗的世纪，就美国而言，也当然是如此。信仰个人的上帝、关心上帝对自己行为的审判、关心来世——所有这些似乎都在消失。人们感兴趣的是如何提高自己在现实中的生活，他们坚信有能力通过自己的努力来改善处境。这种信念也许来源于富兰克林，因为他曾说过：

"上帝帮助那些帮助自己的人。"

当然，由于人们在年龄、社会阶层、教育程度和地理区域的不同，他们的宗教观念也不一样。不同信仰人之间的通婚率在增加，这反映了年轻一代人已不再像他们的父母那样看重信仰上的不同。相比之下，贫穷而未受教育的人比富有而受过教育的人对宗教的感情更深一些；南方地区的教民对宗教的态度比其他地区的人要更加传统一些。

也许受年轻人那种非传统宗教热情的影响。美国各地的教堂都在逐渐尝试新的宗教形式。就像著名电影《修女也疯狂》里所反映的那样，人们在使用通俗的表达方式——爵士、摇滚和通俗音乐，民间舞蹈和现代舞蹈，现代艺术和诗歌，甚至戏剧、电影等各种形式。这些新的形式冒犯了一些传统人士，但许多人却对此反应强烈。因为他们发现，祈祷的形式其实并非一定是几个世纪来对同样文字和音乐的盲目重复。事实上，这些进步的教堂吸引了成群的人们来参加他们每周组织的宗教活动，而在那些传统保守的教堂里，半数的位子却空着。

趣味风情篇

美国人如何度假

　　自 20 世纪 40 年代以来，几乎每一个美国人每年都享有一次带薪的年假，人们已习惯于用这一时间来进行旅行。度假常常是一家人的集体行动，有些家庭喜欢待在家里，享受附近的娱乐设施，但多数人则喜欢在国内或国外旅游。

　　美国的大城市是人们旅游的热点之一。一年到头，曼哈顿的街上和酒店里都挤满了游人。人们来到这里，观看它的摩天大楼，参观博物馆和艺术画廊，上歌剧院、戏院和著名的专卖店或在幽雅的外国餐馆里就餐。除纽约外，人们喜欢去的地方还有洛杉矶、旧金山、新奥尔良和费城。洛杉矶不仅有号称美国电影业故乡的好莱坞，还有令人难以置信的娱乐公园迪斯尼，这使这一城市在人们的眼里成为一个充满诱惑的地方。旧金山则是太平洋海岸的最大港口城市，以它的大桥、索车、海鲜和美妙的景色而著名。对于游客来说，新奥尔良也有它独特的魅力，那里有不少东西让人们想到旧时的欧洲和古老的南方，这一爵士音乐的故乡带给人们一种欧洲大陆的风情。与其他城市相比，费城的特色则是它的历史，人们来到这里，为的是看一眼宣告《独立宣言》签订的自由之钟和那座诞生美国宪法的著名建筑。

　　美国的城市的确让游客们大饱眼福，但更多的人则喜欢在乡村的环境里度假。对这些人来讲，汽车真是带给他们极大的方便。

　　近年来，野外宿营成为一种极热的时尚。比如人们可以在落基山脉的山谷里找一处宁静的营地，雇上一匹马，沿着深山里的河流骑马或远足。美国人喜爱这种带有挑战感觉的野外运动。

夏季，在不少乡村地区都有小屋出租，城市里的人们发现，在海滨或森林里租上一间屋子，能使他们在城市的紧张生活之余感受一种清新的变化。通常整个夏天母亲和孩子都留在那里，而父亲在周末时才赶回来全家团聚。

对于喜爱美丽景色、自然奇观和野生动植物的游客来说，美国有几十个国家公园，这里面包括黄石公园、大峡谷公园、国家冰川公园和西部的约塞米蒂国家公园。此外，位于美国东部佛罗里达州的埃弗格莱兹公园是世界上最大的沼泽地之一，那里是各种鸟类和野生动物的乐园。

暑期假日已成为美国的一个传统，因为大多数孩子在 7 月到 8 月都不用上学，但有些家庭也做短期的冬季度假——尤其在圣诞节的前后。在冬季，北部各州向人们提供各种各样的雪上活动，有滑冰、滑雪和各类雪橇运动。

但对大多数的美国人来说，去国外旅游更有吸引力。他们几乎可以去任何一个国家，办护照的手续非常简单。所以，每年都有数百万的美国人涌进加拿大和墨西哥。加勒比海地区的岛屿国家——牙买加、海地、多米尼加共和国和波多黎各——也都是旅游的热点。此外，每年还有 300 万美国人去欧洲旅行。我国改革开放以后，大批美国游客来中国，我国悠久的历史和文化，美丽的自然景观深深吸引了他们。中国成为美国人观光度假的旅游胜地。

不管在国内还是在国外，对众多美国人来说，度假都是一个娱乐、放松和改变环境的极好机会，是一家人一起度过闲暇时光、加深相互了解的机会，也是美国生活中最愉快的传统之一。

趣味风情篇

美国西部的神话

美国历史是一个不断向西部扩展的历史。"年轻人，到西部去！"几百年来，这句话鼓励了一代又一代的美国人，对于他们来说，西部边疆是一个神话、一个塑造了美国性格和精神的神话。

早在殖民地时期，当人们在海岸附近的殖民地里找不到更多的自由，他们便开始向内地推进。同时那些在沿海找不到肥沃土地或者把土地用贫瘠了的人，也发现西部山区是一片不错的立足之地。有位能干的测量师彼得·杰弗逊——托马斯·杰弗逊的父亲——就曾成功地用一碗混合饮料买到160公顷的土地，在山里住了下来。

那时，住在印第安人附近的居民把他们的小屋当做堡垒，靠锐利的眼睛和自己所信赖的滑膛枪进行自卫。这些边疆居民成为勇敢而自强的人，他们在荒野上开辟道路，焚林开荒，种植玉米和小麦。鹿肉、野火鸡和鱼都是他们的食物。他们还享有他们自己的娱乐活动，比如举行盛大的烧烤会，为新婚夫妇举行乔迁新居的晚会和射击比赛等。

随着越来越多的定居者来到边疆荒原，许多人成了农场主和猎手。不久，又有医生、律师、店主、牧师和政客也蜂拥而至——形成了一个生机盎然的社会群体。他们铺设道路，修建教堂和学校，数年下来，这些地方便发生了翻天覆地的变化。

就这样，从最早的英国定居点詹姆斯镇（1607年）到19世纪末，西行的浪潮不断推进：

从大西洋海岸到阿勒格尼山脉、密西西比河、密苏里河、大平原直到落基山脉——在这推进的过程中，总有新的边疆去开拓，新的土地去征服，新的梦想去实现。

在西部，一个人的家庭背景、祖传产业或受教育的程度都不重要，人们看重的是他的品行和能力。向西部的扩展对美国的精神留下了深远的影响。西部，意味着可以探索和居住的原始土地——这一观念曾塑造了无数代美国人的生活和梦想。到西部去，就意味着新的开端，意味着失败之后的新希望，意味着困境中的乐观。总之，向西部的挺进在美国人的性格上打下了深深的烙印：

它鼓励了个人的首创精神和民主情绪，磨炼了人们的豪爽性情，也培养了他们的自决精神。

但到了19世纪后期，边疆对美国人来说与其说是一种现实和存在，不如说是一个已逝的神话和记忆。因为那时的西部已被拓荒者吞噬一空，虽然很多地方还留有大片的土地，但那个伟大的西部——那个世世代代美国人希望的象征——已枯竭了。面对新的工业时代，自由、独立和自力更生的西部精神被彻底粉碎了。

但西部却成为人们心目中一个无法忘记的神话，一个在美国文学中不断出现的希望精神的象征。每想到它，人们就会想起库帕小说里"高尚的野蛮人"，想到哈克贝利·费恩、了不起的盖茨比和那个为保护人类天真而要做《麦田里的守望者》里的那个少年。

"西部"一词让人想到绿色，想到古老、不变的价值观，想到人类的紧密亲情，想到昔日拓荒者勤劳和不屈的意志。

趣味风情篇

美国内华达州的游乐场

位于美国西部的内华达州，那里有高耸的群山、繁茂的山谷和内陆湖泊，是一个旅游的胜地。每年，来此地的游客人数与当地人口的比例竟达40∶1。

拉斯韦加斯和里诺是内华达州最大的城市，也是它的游乐中心。内华达州不仅以婚姻自由和宽松的离婚法律而闻名，而且，在这里，许多赌博形式都具有合法的地位。每年，有几千多万名游客来到这里，他们的消费高达十多亿美元，这使当地居民除向联邦政府交纳税收外，享受免交州政府收入税或财产继承税的权利。

是自然的力量形成了现在内华达州的外貌。很久很久以前，陆地的变化和地震把这个地区翻了个底朝天，所以今天的内华达其矿产量在美国各州中占第七位，采矿业成为它的第二大工业。

富金矿和银矿的发现是内华达州早年历史中的重大事件。不过，现在，铜矿的开采已约占其全部矿产生产的50%。该州近百年来采矿业的产值达26亿美元。

繁荣时代的矿产中心今天已成了一座座"鬼城"。其中最大的一座是弗吉尼亚城，它曾拥有3万人口。现在它已被建成了一个旅游点，每年吸引着4万名的游客。在这个古老城镇的报馆里，游人们还可看到马克·吐温成名以前作为记者塞缪尔·克雷门斯时曾用过的书桌。

内华达州拥有一些美国最好的娱乐场所。坐落于与加利福尼亚州交界处的塔霍湖、由胡佛水坝在亚里桑那交界处形成的米德湖、金字塔湖和其他的内陆湖泊为划船和钓鱼提供了优良的场所。而那里的山区也是打猎和冬季运动的好去处。

此外，还有火谷州立公园和莱曼山洞一类的自然景观也吸引着喜爱探险的人们。在那里，考古学家不断发现史前动物的化石、印第安人生活的遗迹和距今 8000~10000 年的古洞穴人留下来的制品。

以著名的边疆猎人卡森命名的卡森城是美国最小的一个州首府之一。每年，拥有一流酒店和各种演出的拉斯韦加斯以及号称"世界上最大的小镇"的里诺，都吸引着来自世界各地的众多游客。在这里传奇般的卡西诺（轮盘赌）赌场里，各种各样的表演、赌博和舞蹈使人们眼花缭乱，目不暇接。

趣味风情篇

瑞典的风俗

瑞典是一个南北反差很大的国家。在北方，森林逐渐消失为冰冻的土地，在这里，传统和民俗有很深的影响；而在气候比较温和、土壤更加肥沃的南方，基本上流行的是欧洲大陆的风俗习惯。

在瑞典，人们的日常生活中有许多传说。比如，狩猎的传说就讲述了魔法如何把人变成野兽的故事。人们认为一大早看到野兔是会倒霉的，但如果碰到狼或熊则是一个好兆头，因为它将预示着狩猎的顺利。

关于孩子的出生，瑞典人也有一些古老的习俗。孩子出生后，这家的女人们必须抱着他，绕父母家的壁炉转三圈，然后检查他的胎记。如果孩子的身上带有膜状的东西，那就意味着，守护神将会一直伴随其左右。人们担心，没有守护神保护的孩子有可能会被女巫偷走，变成游魂。

瑞典的乡村婚礼也很有趣，一般通过传统的形式来庆祝。新郎必须在谷仓正式向新娘求婚，因为嫁妆就放在这里。结婚那天，家中的女人们帮助新娘穿上民族服装，其中包括银制的饰物和一顶新娘花冠。与此同时，朋友们和男性亲戚们则在厨房里，一边等候，一边喝着啤酒。当新娘准备就绪，由年轻人骑马在前面领路，所有的亲戚和客人们随后列队前往。他们在教堂与新郎一方的迎亲队伍会合后，双方互相祝贺，象征着联系彼此的亲戚关系正式形成。结婚仪式结束后，客人们便回到新娘家里参加婚宴。

瑞典有许多传统的节日。在它重大的节日当中，第一个是在4月30日到5月2日之间举行的狂欢节。人们称4月30日的晚上为沃尔帕吉斯夜。据说，在这个晚上，生命和春天的力量将战胜死亡和冬天。在庆祝节日时，人们每天晚上都要点燃篝火——首先是在山顶上，然后作为回应，人们在山谷里也将燃起篝火。这些篝火是节日庆贺开始的信号，它们将一直持续到天亮。在瑞典南部，人们还在篝火旁举行诗歌和唱歌比赛，优胜者不仅能获得奖品，还能得到当地最漂亮女孩的亲吻。

除了沃尔帕吉斯夜之外，还有其他一些节日：比如太阳节是在6月进行的盛大夏季节日；龙虾节是8月份的一个节日，在那一天，人们可以尽情享用龙虾；而鹅节则在阴冷的11月里，节日那天，传统的习俗是喝鹅血汤。

就连瑞典的圣诞节也有许多传统和民俗，它吸收了古老的冬至和新年的习俗。瑞典人的圣诞节里没有圣诞老人，但他们却有一个圣诞守护神。为了欢迎他的到来，孩子们摆出一大份圣诞蛋糕请他吃。在乡下，人们会从家里敞开的窗口往外扔礼物，同时扔出的还有稻草人和稻草编织的动物，以此祈求好运。

趣味风情篇

食在意大利

去意大利旅行的一大魅力就是那里的佳肴和美酒。那些有意寻求别有风味餐馆的游客会发现，意大利是一个使他们梦想成真的地方。意大利的饭菜不仅丰盛，而且花样繁多。你会发现，在意大利南部，人们做饭时使用大量的橄榄油、大蒜和西红柿；但在罗马和意大利北部，人们却不太用它们；在更北的地方，人们喜欢用的是黄油。总之，无论你是坐在宽敞、豪华的宾馆里，还是在便宜的小饭馆里，你会发现，那里的食物都不错，尽管两者的价格相差甚远。

早餐的式样是传统的欧洲大陆饮食形式，它包括热牛奶和咖啡——如果你愿意的话，也可以是茶或热巧克力、面包、卷饼、果酱或橘子酱。午餐和晚餐为正餐，两者都会有好几道菜。午餐的时间通常是1点钟，晚餐大约在晚上7点30分，如果在罗马，晚餐可能会更晚一点。

午餐和晚餐的菜单一般都包括下列几道菜：

首先是意大利餐前小吃，有橄榄、蘑菇、鸡蛋和西红柿等——你还应该试试熏火腿加冰瓜或鲜无花果。主食可以是用蔬菜和草本植物做的汤，也可以是加有蘑菇、肝等东西的米饭，还可以是各式各样的面食，如放有肉和蔬菜馅的面制品或是著名的意大利煎饼；然后，是地中海或湖泊里的鱼类，或者是其他肉菜——当天可以点到的将被列为"当日特色菜"。此外还有蔬菜，如土豆、绿色蔬菜和色拉，这些通常是另点的。

奶酪是意大利饭菜中一个重要组成部分，大多数饭馆都提供品种繁多的奶酪——它们当中有的产自阿尔卑斯山牧区的小型家庭企业。有一些奶酪非常著名，并出口到世界各地。接下来，是时令水果；最后是甜点，而后者可能会是你所尝过的最甜的东西。

当然，我们不能忘记意大利著名的佐餐酒、餐后甜酒和啤酒，此外，还有很多种可供你选择的矿泉水。最后，我们还要提到的就是意大利的冰淇淋，最好的冰淇淋产在西西里岛和那不勒斯。

总之，吃在意大利会是一次真正的经历——同时，它也可能会成为一件极其单调的事情，这完全取决于你是否愿意尝试新的东西，是否愿意了解各地的特色；也就是说，你必须愿意冒险，去尝试那些与众不同的饭馆——那些以其独特的历史意义、独特的环境或因其他特点而不同一般的饭馆。坐在藤蔓垂吊的凉棚下或阳光明媚的阳台上享受周围使人无法忘怀的海陆美景，将会给你的意大利之行留下最美好的记忆。

趣味风情篇

意大利的男性

在日常生活中，意大利可以说是一个男性的世界。不过。由于意大利人对外国人的理解，女性外国游客也能进入许多意大利妇女不能介入的男性场所，比如说咖啡馆和酒馆。

在大城市，咖啡馆是一个既像俱乐部又像办公室的地方。在这里，意大利人只需花上一杯咖啡的钱，就可以由人把报纸拿到他的跟前，读遍店里所有的报纸。而且，他还可以在这里做交易，侍者会向他提供所需的钢笔、墨水和邮票。或者，如果客人愿意，还可以坐在咖啡馆外门前的帐篷下，欣赏来来往往的漂亮女人——和其他地方的女人一样，意大利女人也不乏性感的魅力。

通常，酒馆比咖啡馆显得更加充满活力。来这里几乎是清一色的男人，只偶尔会有几个女人光顾，此外，还有三五成群的流浪歌手，他们的歌声和音乐更增加了这里的喧闹。许多歌曲都带有一定的政治色彩，用以嘲弄意大利、美国、英国、法国和俄罗斯等国的主要政客们。但是这些歌曲基本上都带有点恶作剧的性质，所以当批评的对象是美国时，美国游客发现自己和别人一样在开怀大笑。意大利人是嘲弄人的高手，他嘲讽了你，却同时又让你很喜欢。

意大利男人深爱赌博，这一点是从小养成的。但他们赌博时总是很小心谨慎，从不会做得太过分。在过去，全国性的彩票曾是最受欢迎的赌博形式之一。但是后来足球赌注夺去了人们对彩票的大部分兴趣。投进100里拉，一个意大利足球迷——几乎所有的意大利人都是足球迷——就有赢得多达2亿里拉的机会。在这里，重要的一点是，就像喝酒一样，意大利人很少会因赌博而冲昏头脑，他们所下的赌注绝不会给他带来真正的危险。甚至在玩纸牌时，意大利人也是小打小闹，一般只是赌上一杯咖啡或一杯酒而已。

说到这个男性话题，人们不能不提起意大利人的浪漫情趣。意大利人可以说是世界上最伟大的浪漫主义者。从威尼斯船上的普通人到罗马的政府官员，他们时时刻刻都在感知浪漫、感知爱情和感知成为浪漫情人的重要性。

走在意大利的海滩上，旅游者会觉得意大利人简直是在为浪漫而活着。他的举止、他的殷勤、他的魅力和他整个的处事方式无不显示出浪漫主义的情绪。几乎你遇到的每个意大利人都坚信自己是另一个卡萨诺瓦，他显得是那么地友好和纯真，以至于外国妇女常常发现自己无法对他有任何怀疑，猛然发现自己竟爱上了他。

提起意大利男性就不得不就提起意大利的足球。意大利国家男子足球队是由意大利足协所组织的意大利国家级足球队，代表意大利足球的精神面貌与最高水平。意大利队曾赢得四届世界杯冠军，国家队的传统球衣是蓝衫白裤蓝袜。其绰号是 Azzurri 中文绰号"蓝色军团"。

意大利足球的风格就是经典的防守反击战术，由于这种打法的长久使用，使其形成了一种"投机主义"的战术，就是比赛的前60分钟与你打时不出尽全力，凭借有效的反击来刺激对手的后方线，等对手进攻到60分钟以后，对手的体力已经下降不少，这时候就是意大利的疯狂反扑，对手的后方线会立即崩溃，从意大利的 防守反击，防守坚固，队员个人能力很好，现在的意大利中场传接球技术水平高，加上有超级个人能力的前锋，反击效率相当高。在关键时刻给对手致命一击，意大利这方面做得很好，2006年世界杯半决赛意大利对德国的比赛就是一个经典的案例。那一年意大利队与东道主德国队相遇，最终凭借加时赛进行到118分钟的时候格罗索一脚精彩的左脚弧线球将球送进德国队的大门，又在补时阶段皮耶罗在反击当中精彩的吊射锁定胜局。

意大利足球也体现了意大利男人的浪漫风格，正如他们的历史和艺术一样，已经成为了意大利人生活的一部分。如果你有幸大意大利欣赏一场 AC 米兰或者尤文图斯队的比赛，你就会感到，浓郁的浪漫情怀正是意大利奉献给世界最伟大的东西之一。

趣味风情篇

市郊的美国人

自20世纪60年代以来，人们便在远离大城市中心的郊区，建起了很多住房。虽然越来越多的人在大城市里或市中心工作，但大多数人却不愿生活在城市的环境里。

随着郊区的扩大，市中心主要成为了商贸办事和洽谈的场所。除了极具旅游魅力的最大的城市，商场正在由市中心地区转移到郊区。人们在郊区建起了购物中心，每片购物中心都是围绕着一个大型停车场建起的，大概拥有50家商店，其中占主要地位的通常是超市。现代的美国妇女已习惯于每周开车逛一次超市，买下一周的食品，带回家里冷冻起来。

美国人一回到家里，便以极大的热情尽力改善自己的居家环境——做东西、修理物品和摆弄汽车——尽可能地使家变得完美舒服。因为当你的家一切应有尽有、舒适而又充满吸引力时，你便会愿意待在那里。现在，就连私人游泳池也不再是豪富之家才能享受的专利品了。

比起大多数的欧洲人来说，美国人更愿意请朋友到家里来玩。人们在闲暇时总会为孩子和大人们举行各种各样的晚会，而且常常还能喝上几杯。在这些郊区的家里，美国人显得非常友好而好客。人与人之间非常关心。每当一户人家新住进来，邻居们便会很快主动打电话，询问是否需要帮助。在这里，人们之间交往上的障碍比在欧洲任何地方都容易消除。这种新型的郊区生活给人们营造了一种昔日乡村所拥有的社区感觉。在这里，一个家庭不再是一片孤岛，而是一个家庭群体中的一部分。人们感到更加满意的是他们并没有

因住在郊区而失去与外界接触的机会,因为大多数人的工作地点都在别处,郊区的家只是他们整个生活环境的一部分。

但是,美国人是一个静不下来的民族,他们总喜欢搬家。所以,尽管他们喜爱郊区的生活气氛,但他们决不会就此停止自己的追求。只要事业有所进步,收入有所提高,他们不久便会搬到更好的社区,去寻找面积更大、景色更好和游泳池更加理想的住处。他们也许会暂时依恋这个被看做是家的房子,但这并不意味着他们会把根扎在这里。

今天的工作、今天的收入、今天的家以及今天的朋友和邻居——所有这些都只是一个美国人(和他的家庭)存在的一部分。速溶咖啡,瞬间的朋友——没有什么是永久的。美国人总是希望和期盼着改变现状,总在追求某种更好的东西,随时准备着拥抱一切新的生活和自我。

趣味风情篇

斯堪的纳维亚的酒文化

由于地理上的原因，斯堪的纳维亚国家的各民族具有很多相似的地方，但他们之间表现出的差异仍是多于相似之处。在酒文化方面也是如此。

一个粗心的观察者可能会认为，挪威人根本不喝烈酒或葡萄酒。因为无论在饭馆还是在家中，人们吃饭时通常只喝茶、咖啡或牛奶，偶尔喝一些淡色或深色麦芽酒。而且，这种酒也只能在饭馆里才能叫到，并与饭菜一起上。

日德兰半岛盛产优质的啤酒，其消费量也很大。除了啤酒，白兰地也是深受人们欢迎的酒。用玉米和土豆制成的奥尔堡烈性酒以其所含酒精量之高而闻名。在丹麦人眼里，白兰地被看做一种开胃酒，常常在饭前饮用。对外国人而言，这里转圈敬酒的习惯颇令人为难。如果他接受了一个人的敬酒，那么他就得接受所有人的敬酒，而一次喝下六七杯白兰地是很难做到的一件事，除非他习惯于如此。幸运的是，女士们能够被排除在外，她们只喝一些几乎不含任何酒精的葡萄汁饮料。

芬兰人的餐桌饮料主要是牛奶而不是酒。他们喝下的牛奶比任何国家的人喝得都多。这里食用的牛奶是用凝乳和一种酸乳酪似的物质做成的一种奶制品。它本身就是一道菜，而且在夏天尤为受人欢迎。芬兰还有几种家酿的啤酒，其中有一种是用杜松果酿造的，另外还有两种著名的芬兰酒分别用云莓和北冰洋黑莓酿成。在芬兰，酒精的销售由政府垄断，政府通过发放给顾客的特别登记卡来控制消费量。

由于土壤和气候上的差异造成了瑞典南北方烹调上的不同，其饮酒的习惯也因此不尽相同。在北方，烈酒是必不可少的御寒之物，就像瑞典艾尔伯·安斯杜姆所说的那样，"没有烈酒。快乐也是装出来的"。瑞典人喝的酒有黑啤酒、窖藏啤酒、白兰地和土豆酒，而在南方，人们喝的是比较温和的饮料。但总的说来，瑞典人很少过量饮酒。一方面是由于喝醉酒会受到严厉的法律处罚，另一方面是因为酒精也是定量供应的。由于酒的销售受到限制，酒的贸易由政府垄断，所以瑞典人喝的更多的是咖啡和茶。尽管在所有的大城市里，都可看到配备现代化煮咖啡器的咖啡店，但许多人仍然喜欢盛在大杯子中、就着面包和蛋糕一起来喝的旧式咖啡。茶在瑞典人中非常受欢迎，被称为瑞典的民族饮料。

趣味风情篇

苏格兰传统体育

　　不论在苏格兰高地还是苏格兰低地，人们对体育的热爱是一样的，它已是苏格兰人内在性格的一部分。在苏格兰人过去玩过的游戏中，有三种可以说发源于此地，并具有典型的苏格兰特点——高尔夫球、冰壶和简化曲棍球戏。在这三种运动当中，高尔夫球现已风靡全球。

　　打高尔夫球最好的乡村场地是一大片未开垦的、中间又没有太多山地切断的连绵地带，苏格兰海边长草的沙丘，尤其是沿着东海岸的那些地方，是理想的高尔夫球场。在苏格兰所有的高尔夫球场当中，圣安德鲁斯可以说是高尔夫传统的圣地。

　　有足够的证据可以证明，苏格兰的国王及王后和他们的臣民一样热衷体育。苏格兰的玛丽王后就因为她在丈夫被谋杀之后不久打高尔夫球，而遭到政敌的攻击。1857年以前的年代可以说是个人高尔夫球赛的黄金时代。在那一年，由苏格兰普拉斯威克高尔夫球俱乐部倡议，发起了第一届高尔夫锦标赛。

　　该俱乐部向当时最有名的7个俱乐部写信，提议每个俱乐部指定出4个选手进行比赛；最后一对优胜者将成为冠军，奖品是一枚奖章或奖杯。这一提议得到了各俱乐部的积极响应，并由此开始了英国业余高尔夫锦标赛的传统。现在，这一比赛的参赛者必须是出生在英国和海峡群岛的人，或其父母出生在这些地区的人。

　　溜冰壶是一种在冰上玩的运动。据说，它在17世纪以前起源于荷兰，但自17世纪早期以来，苏格兰成了它真正的故乡。这一游戏从规则上与草地滚木球游戏相似，两者不同之处在于冰上溜石游戏

是用笨重的扁石头在冰上滑动。苏格兰发现的最古老的冰上溜石是1511年时的一块石头。这一游戏又常被称为"喧闹游戏",因为石头在向前冲时会发出很响的声音。

和高尔夫球一样,冰上溜石游戏也具有古老的皇家传统。人们传统上认为,历代斯图亚特的国王以及苏格兰的玛丽女王和她的丈夫迭恩利都是此项运动的爱好者。冰上溜石游戏也像高尔夫球那样在苏格兰以外的地区也很流行(尽管不如在苏格兰那么普及),比如英格兰、加拿大、新西兰、俄国和瑞士都有冰上溜石俱乐部。与过去不同的是,现在的溜石用硬性岩石制成,磨得又圆又滑,还配有一个木制的把手。

在虽不太流行但仍拥有热心爱好者的运动当中,最传统的一种是简化曲棍球。做这种游戏,需要一个由软木和皮革制成的球,和一根木棍。该游戏曾流行于各个年龄的人们当中,尤其是在圣诞节前后。不过,现在进行这种运动的多是些年轻人。过去,教区教民之间在此运动中彼此对垒,一度成为一种风俗。按照惯例,优胜者将获得一份诱人的奖励——一桶"真正的苏格兰山地威士忌"——因为即便是在那时,苏格兰山地威士忌受欢迎的程度并不亚于今天。

简易曲棍球是一种不错的游戏,没有那么多烦琐的规则约束,它在其他方面和冰上曲棍球没什么两样,其实后者就是由前者发展而来。在古时候,简化曲棍球的球场上风笛高鸣,旗帜招展,与战场很有些相似。今天,风笛仍扮演着一种别具一格的角色,它为整整齐齐走向赛场的球队伴奏,并用响亮的笛声来表示他们的胜利。

趣味风情篇

为什么美国人喜欢枪支

"世界上没有哪个国家会像美国那样有那么多人购买和死于枪支。"这是1980年英国流行歌手约翰·列侬在纽约被谋杀之后出现在美国一家报纸上的话。这一谋杀案震惊了整个美国，因为毕竟大多数的美国人还是热爱和平和反对暴力的。但今天，很多美国人却不得不承认，他们一生中不定哪个时候也许就会遭到被抢劫的噩运。1980年，美国共发生了23000起谋杀案件，而这种暴力现象的根源就是枪支，美国人买枪和拥有枪支的容易程度就像是在玩一个玩具武器。

几乎在美国的任何地方都可看到出售枪支的商店，而且人们还能很容易搞到执照，你甚至不用说明你买枪的目的是什么。杀害约翰·列侬的凶手就是径直走进枪支店，买了一把左轮手枪——没人问他任何问题。你甚至可以通过邮购方式来购买枪支。

为什么美国人对拥有枪如此着迷？自卫也许是一个原因，实际上，美国人拥有枪支的历史似乎已是源远流长——那些开拓边疆的祖先们就曾用手里的枪打退不法之徒、偷牛贼。但今天，人们用枪主要是为了对付歹徒、抢劫犯和窃贼。还有一个原因就是，打猎在美国很流行。

现在，许多美国人希望政府能对枪支，尤其是手枪的拥有权制订出新的法规，但这种愿望却无法实现。因为有国家枪支协会的存在，它拥有三百万名会员，他们在国会里有很有影响力的朋友。而且，在他们的身后还有枪支制造商强有力的支持。

再说，许多美国人本身也不愿放弃枪支的拥有权，他们认为那

是自己作为自由人应该具有的权利，这一权利曾于 1790 年被写进了美国宪章里面。

　　这样一来，枪支泛滥的结果便是暴力和谋杀。纽约是一个迷人的城市，但对于 21 岁到 44 岁的纽约男性来说，被谋杀而死在各种死亡因素中占第一位。谋杀事件多发生在贫民区内——如哈雷姆、布朗克斯区的某些地方和曼哈顿西区。大多数凶杀案发生在歹徒们之间的自相残杀。有时，人们就是在曼哈顿的市中心，在他们的家里都会遭到抢劫。这些年美国的校园抢击案屡有发生，美国国内禁枪的呼声也很高。但奥巴马政府表示，近期内不会对美国现有的枪枝管理法做任何修改。也许，这就是为什么人们不仅要在自己家的门上装上锁链和猫眼，有时还在楼下装上旋转栅门或配上带枪的门卫。尽管如此，人们仍然无法获得安全感。

趣味风情篇

维也纳：音乐之乡

在新年之夜，人们的眼睛常常被吸引到维也纳来，一流的管弦乐队和它演奏的世界名曲给这个音乐之乡增添了一种优雅的光彩。人们感到，一种神圣的音乐才华不仅渗透了维也纳的景色、人民和空气，它甚至渗透在那里的草石之间。

维也纳有着伟大的音乐传统，许多伟大的古典作曲家都曾在这个城市生活和工作过。格鲁格、海顿、莫扎特、贝多芬和舒伯特都曾在1780～1830年间的50年里，在维也纳进行过创作；在19世纪后期，勃拉姆斯、布鲁克纳、马勒、雨果·沃尔夫和施特劳斯也曾生活在那里；此外，还有20世纪古典音乐的创造者勋伯格、伯格和伯恩。这串长长名单上的每个名字都能唤起人们无限的钦佩。他们在维也纳历史上所留下的身影似乎使每一个维也纳人都坚信，自己在分享着某种光辉的、无所不在的东西。

大多数维也纳人坚定而充满感情地把圆舞曲看做一种属于自己的音乐形式。一百多年以来，圆舞曲一直是这个城市的音乐之声。也许没有人说它是一流的音乐，但所有人却都承认，它是带有鲜明维也纳特征的乐曲。

圆舞曲的节奏来源于19世纪早期的乡村舞蹈，这种舞蹈能以简单的方式最完美地表达出简单的感情。它与米奴哀舞曲之间的区别是显而易见的。圆舞曲轻盈如风，它是一种感性的标题音乐，一种抒发情感的音乐杂志。有时，它还会是一种自由的标题音乐，其间不时加有雪橇铃、小锤和甩鞭子的响声——一切适合其主题的声音。最好的圆舞曲是有情绪的。它向人们表达渴望、爱情、欢乐、痛苦

和失意的主题，反映一种能唤起我们内心瞬息万变的、暴风雨般的性情。一曲维也纳圆舞曲就像一首诗，向我们倾述我们知道但却不能表达的东西。

1832年，圆舞曲首次像魔药一般横扫维也纳——其力量之大甚至超过美酒。人们忘情地沉醉在施特劳斯惊人的演奏中：他以同样的热情投入到每一首乐曲之中，使他的观众常常兴奋得如痴如醉。

老约翰·施特劳斯生活在一个欧洲文艺繁荣的浪漫主义时代，激情、月光和歌德式的废墟形象代替了理性、晴朗的天空和希腊的神殿。这些激情在维也纳发展成为一种人人都可以加入其间的舞曲。圣诞节与大斋节之间的狂欢时节变成为一个圆舞曲的节日，并从此延续至今。

1844年，老施特劳斯受到了他的儿子小施特劳斯的挑战，同时，他另外两个儿子也写出了成功的圆舞曲。1849年，老施特劳斯去世了。从此，小施特劳斯开始了对维也纳前所未有的征服。

维也纳相信自己是一个梦想成真的城市。在这里，就是自然也需要人们为之欢唱。施特劳斯的组曲《维也纳森林的故事》和《蓝色的多瑙河》是对那一地区最浪漫的歌颂，它们抒发了对这个城市和它周围环境的热爱。施特劳斯经常在夜里11点时匆匆写下歌词，又以最快的速度把它谱成曲子——有圆舞曲、波尔卡，也有进行曲。他总共写下了近500首作品。他手下有200名抄写员供他使唤，他通宵达旦地用钢笔在纸上涂写着。除作曲以外，施特劳斯还对英国、美国和俄国进行了多次情感旅行，成为维也纳无与伦比的人物。

现在，虽然许多年过去了，昔日的乐曲依然辉煌。摇滚乐革命的到来并没有破坏人们对古典乐曲的热爱。在这座城市，音乐生活依然在延续，昔日主要的音乐机构仍保存完好地在发挥着作用：

国家歌剧院又称歌剧院，被认为是民族文化中最引人注目的部分；此外，还有上演小歌剧的第二歌剧院（又称民俗歌剧院）和每周都在霍夫波格教堂唱弥撒曲的维也纳男生合唱团。

维也纳男生合唱团是使维也纳作为音乐之都的主要支柱之一。

合唱团的学校也许像一个严格的英国公学，那里的空气里都弥漫着纪律的感觉。孩子们必须竭尽全力在短暂的合唱生涯里创出最好的成绩。男生们除了每年七个月的文化课和音乐知识的学习以外，其他时间（不包括三个月的假期）都在世界各地巡回演出。他们曾到美国演出过几十次，还到过亚洲和澳大利亚做过几次演出。组成这四个合唱团体的88名合唱演员以他们的职业态度和纯正的声音，在世界各地赢得了人们的赞誉。

但也有人担心，维也纳的音乐传统在日渐失去。优秀和完美一向是维也纳男生合唱团追求的目标，可在今天这个主张人人平等的城市，这些品质的获得变得非常困难。合唱团团长陶夏尼格说："我们的音乐才能在消失……在这样一个对音乐淡漠的世界里，要维护优秀的水平越来越难。"

维也纳是否能继续站在音乐创作的前沿，是否能继续成为严肃音乐的首都呢？

趣味风情篇

沃尔特·迪斯尼的动画王国

沃尔特·迪斯尼的名字可以说是世界闻名，但更加出名的是他所刻画的形象——米老鼠、唐老鸭和数不清的动画人物。迪斯尼本人是一个动画片画家、主持人和了不起的商人，但主要还是一个讲故事的人。他曾说过：

"每一部好的戏剧或电影都有一个道德主题……如果你没有某种重要的东西要说，那么，制作一部片子又有什么用呢？窍门是如何才能不带说教地把主题表达出来，即怎样用娱乐的形式说出来……"

沃尔特.迪斯尼于1901年出生在芝加哥。还是个孩子时，他就爱画谷仓里的动物和农场周围的景色。后来，这种绘画兴趣终于使他父亲把他送进了堪萨斯市艺术学院的周六班去学习。

第一次世界大战后，他在堪萨斯市的电影广告公司找到了一份工作。当时，该公司正在动画片制作中尝试性地使用虚构人物，这对迪斯尼来说是极有价值的训练机会。他很快就离开了那里，开始组建自己的制作公司。迪斯尼和一位有才华的荷兰美术家爱瓦克斯一起，选择当地人们感兴趣的题材和童话故事，制作了一些动画卡通。但由于缺钱，沃尔特于1923年关闭了堪萨斯市的这一公司，搬到了加利福尼亚。在那里，他和他的兄弟罗伊一起，以280美元的基本资本，建起了迪斯尼摄影棚。

米老鼠是沃尔特·迪斯尼和爱瓦克斯的合作结果。1928年刚出现时的米老鼠并不是现在大家熟知的那个行为得体的动画形象。它很淘气，所以时常遇到麻烦。

当第一部米老鼠的动画片成功地把它塑造为一个小英雄后，迪斯尼发现公众希望这只老鼠能一直表现出色。如果米老鼠在某个动画片中的行为稍有越轨，制作室就会收到无数个人或团体的来信，人们觉得他们的行为表率受到了损害。这种公众的意见使制作室很难把米老鼠放进喜剧性的情节中，于是，米老鼠便越来越进入了一个正直的人物角色，成为我们所熟悉的小绅士老鼠。但在1930年，迪斯尼艺术所塑造的新的动画形象却给观众带来了笑声，另外还有1932年拍摄的那个无能的古弗和那个不可思议的、著名的唐老鸭。

1933年，沃尔特·迪斯尼开始构思一个人们从没听说过的计划——一种时间长达一个小时的动画卡通故事片。在把动画片制成一部正片一样长的过程中，迪斯尼就有机会加入更加复杂的情节，并更加生动地刻画故事中的人物。他希望把一个童话故事拍成动画片，使它具有实景真人电影所没有的魔力。

迪斯尼于1934年着手实施他的计划，他选择了白雪公主的故事作为他的第一个故事片。虽然故事中的白雪公主、恶王后和王子都是典型的童话形象，但小矮人的塑造却很独特。这七个小矮人——瞌睡虫、害羞鬼、爱生气、开心果、喷嚏精、万事通和糊涂蛋已成为儿童文化的一部分。此外，还有新颖的歌曲贯穿并推动着整个故事情节的发展，从而营造出一个超越时间概念的童话气氛。在1937年圣诞节的那个星期里，白雪公主和七个小矮人与观众见面了，它一下子就取得了巨大成功。

迪斯尼在20世纪40年代和50年代推出的其他故事卡通也都成为孩子们文化遗产的宝贵财富。皮诺曹、小飞象、灰姑娘、小飞侠和其他一系列故事都是通过卡通动画片的形式来实现的。

进入50年代后，沃尔特·迪斯尼开始向其他娱乐领域进军。他先是开设了长期连续播放的电视节目，然后又建起了第一个举世闻名的迪斯尼乐园。这一念头是他数年前带女儿去当地的游乐园之后萌发出来的：

他要建立一个孩子和成人都喜欢的游乐园。根据他的设想，公园分为具有不同主题的各个部分，一列铁路火车将绕行其间把各区

连在一起。他还提出，必须使人们在公园里不停地走动，这就意味着，不同的景点必须建得像吸铁石一样，对游客充满诱惑和魅力。此外，迪斯尼人物和有关形象也将穿梭于公园里面。

地点选在了美国西南部的加利福尼亚。自1955年迪斯尼乐园对外开放以来，它几乎成为每一个首次来该州的游客的行程之一，平均每天都有5万名游人来到这里。迪斯尼乐园的建筑式样很像一个电影摄影棚，其街道的正面面向行车道、娱乐区、商店和饭馆，成千上万的男女老少在这里度过一天之后，想象力都得到了满足。

迪斯尼乐园取得成功以后，沃尔特·迪斯尼又有了新的构思：

他要再建一个方便东海岸人的公园。但这一次他要建的并不是迪斯尼乐园的复制品，而是一个以综合性娱乐设施为中心的、完整的度假场所。

不过，沃尔特·迪斯尼本人却没能看到第二个公园的建成。1966年12月15日，就在制作室对面的医院里，他平静地离开了人世。但沃尔特·迪斯尼所开创的事业并没有就此结束，它一直延续至今。1971年，罗伊·迪斯尼建起了沃尔特·迪斯尼世界。1983年，第一座海外迪斯尼乐园在日本落成了。与此同时，迪斯尼制作室也在不停地定期推出实景真人电影，并周期性地推出新的迪斯尼经典电影卡通片。沃尔特·迪斯尼如为数不多的幸运儿那样，终于实现了他的梦想。

趣味风情篇

西方的婚礼传统

　　西方的婚礼有很多传统。它们中的一些已有几百年的历史，而且，大多数的传统起初都和古代的观念有关。

　　"某种旧的、新的、借来的和蓝色的东西"是大家熟悉的有关新娘服饰的说法。它可以追溯到维多利亚时代。某种旧的东西是指穿戴一件与新娘家族和她以往生活有联系的衣物。对此，新娘常常是戴上一件家族的首饰，或穿上她母亲或祖母结婚时穿过的礼服。新的东西代表着新娘在未来生活中能拥有好运和成功；一般来说，是指特意为新娘选定或购买的新婚礼服，但除此以外，她身上的任何一件新的婚礼服饰也都可以。结婚时戴上一件借的东西意思是说，它能给婚姻带来好运，这可以是一件婚礼服、手帕或一件首饰。至于一件蓝色的东西，其说法最早可追溯到圣经时代，那时蓝色被认为是纯洁和忠贞的象征。

　　在新娘左脚的鞋子里，人们还通常放上一枚六便士的银币，这是财富的象征。它不仅带给新娘物质上的财富，还会给她的整个婚姻生活带来幸福和欢乐的精神财富。

　　婚纱的习俗比结婚礼服还要早几个世纪。对此习俗的一个解释是，在包办婚姻的时代新郎以婚礼形式正式接受新娘之前，新娘的脸要被盖起来，这样一来，等到他看到她时，即便不喜欢她的模样，但已为时太晚了。另一种解释是，新娘佩戴婚纱是为了保护她，使她不受婚礼那天在空中游荡的邪恶鬼魂的伤害。这就是为什么在婚礼的整个过程她都以纱遮面，直到牧师宣布他们为夫妻。

　　至于抱新娘过门槛的习俗则与罗马时代有关。那时的人们认为，

趣味阅读

如果新娘第一次进新家的门槛时绊到脚的话，将会给他们的婚姻带来厄运和伤害，把新娘抱过门槛就能避免这种事情的发生。

传统上，新娘订婚和结婚的戒指都是戴在左手的无名指上，虽然没有准确的证据来证实这一传统的由来，但人们普遍相信它与17世纪宗教仪式有关。在那时的婚礼上，牧师按顺序从左手的第一个手指摸起，边摸边说：

"以圣父、圣子、圣灵的名义……"，刚好摸到第三个手指。

新娘拿花的习惯起源于古时。当时的人们觉得，香味浓郁的花草或香料可以驱除邪恶的鬼魂、厄运和疾病。到了维多利亚时期，当情人们通过互送鲜花来传达各自不同的情意时，花便有了更多的含义。比如，苹果花代表"好事的到来"；红色的菊花是"我爱你"；雏菊是"天真"；勿忘我是"真挚的爱情和记忆"；白色的玫瑰是"纯洁"；郁金香是"爱情"，紫罗兰是"真诚"。

在婚礼上，新娘站在左边，新郎站在右边。对此，也有一个很有意思的说法——源于新郎抢夺新娘的时代。新郎用左手拉住他未来新娘的同时，还必须腾出右手，用剑打败并赶走其他也想抢她为妻的人。

其实，对于每一个传统，基本上都有好几种解释。今天，现代人也许对这些习俗的含义已不太注意，但他们仍旧认为，用现代人的眼光认识婚姻的历史内涵，并遵循这些古老的传统是很有意思的事。

趣味风情篇

到底谁耍谁

爸爸带着儿子逛动物园,走到猴子区时,爸爸对儿子说:"你想不想看猴子表演?"

儿子说:"想!"

爸爸于是抓起一颗爆米花,高高地抛往猴子处。只见老猴子飞身一跃,在半空中接下了爆米花,然后轻巧地落在地面,将爆米花塞入口中。

爸爸又拿出一颗爆米花往上抛,老猴子又是一个飞跃……

儿子问爸爸:"为什么要费力将爆米花抛那么高呢?丢在地上让猴子自己捡来吃不是一样吗?"

爸爸说:"傻孩子,如果不把爆米花往高处抛,猴子会往上跳吗?你看猴子跳得多滑稽,这就叫'人耍猴'。"

围栏内,小猴子也在问老猴子:"妈妈,你为什么要跳那么高去接爆米花呢?等爆米花掉在地上后再捡来吃不是一样吗?"

老猴子说:"傻孩子,如果我不高高跳起来接住爆米花逗逗他,他还会再丢爆米花吗?这就叫'猴耍人'。"

趣味风情篇

意大利人与教堂

在意大利人的生活中，家庭是第一重要的，其次便是教堂，排第三位的是咖啡馆。

据粗略估计，将近95%的意大利人是天主教教徒。这些人从小在教堂里长大，普遍都受到过教堂的教育，并在教堂里举行他们的婚礼和葬礼。

尽管许多大的教堂——如圣彼得大教堂，以及米兰和那不勒斯等大城市中的大教堂——是艺术的博物馆，但对意大利人来说，教堂更是一个避难所，一个精神上、宗教上也是身体上的避难所。美国的新教徒——还有美国的天主教教徒——常常对意大利人在教堂里的随便举止感到震惊。在很多时候，我们都可以看到贫穷的意大利人会走进教堂，打开纸包，拿出香肠和面包，在那里进行一次自助午餐；我们还看到一些年轻的妈妈头上小心翼翼地包着头巾或手帕，在那里快乐地给孩子喂奶，所以教堂对意大利人来说是他们的第二个家。他们对它既有尊敬之情，同时也把它看做是寻找乐趣的地方；它是人们社交和集会的场所，是穷人和富人在困境时都可以去寻求精神解脱的地方。也许，我们可以说，再没有人能像意大利人那样从教堂里得到的那么多，因为也没有人能像他们那样对教堂投入的那么多。

毫无疑问，教堂对意大利妇女的影响要大过对男人的影响。但反过来，作为母亲、妻子和情人的女人们又坚持要求他们的儿子和男人一定要是天主教徒。

总之，不管你是天主教徒、新教徒、犹太教徒还是其他教派的教徒，你都会感到教堂在意大利的影响力。你根本无法躲避它的存在。在大城市里，地平线上清晰可见的教堂尖顶和圆顶时时刻刻都在提醒着你它们的存在。在比较小的城镇和乡村里，教堂往往是该地区最大、最气派的建筑物。到意大利旅游参观，教堂是必去的地方。

梵蒂冈（Vatican）在拉丁语中意为"先知之地"，是天主教的圣地。梵蒂冈是一个政教合一的神权国家，也是一个独立的主权国家。教皇是天主教的最高精神领袖。现任教皇是本笃十六世，本名若瑟·拉青格。梵蒂冈城也许只有21英亩的土地，但是它的影响力却延及世界各地，渗透到西半球的大多数国家。

英国的休闲方式

英国人以保守性格著称，尽管如此，他们也有一些有趣的自娱方式。当然，由于社会地位上的迥异，上流人物和普通百姓在此方面表现出不同的品味。如果说俱乐部这种有组织的休闲是大人物们的特有享受，那么，像薄烤饼节一类的娱乐活动则是百姓们的消遣。

俱乐部生活开始于1650年咖啡成为饮品的时代。在伦敦所有最著名、限制最严格的俱乐部中，"别人俱乐部"尤其与众不同。该俱乐部于1911年由温斯顿·丘吉尔爵士和F. E. 史密斯建立。在议会开会期间，这一俱乐部的成员每月聚餐一次，他们传统的聚集地点是萨瓦酒店的海盗房间。这些聚会是完全私下的、非正式的活动。该俱乐部有三条规定：

第一条，俱乐部的目的是吃饭、喝酒和聊天。

第二条，成员间的一切谈话都不允许涉及各党派严格的政治观点。

第三条，管理委员会的人员名单是保密的。

平日里在公共场合从不搭话的政治对手，在"别人俱乐部"里却可以紧挨着坐在一起共进膳食，友好而毫无约束地聊天谈话。"别人俱乐部"有很多传统，其中不少传统源于温斯顿爵士本人。比如，按照他的吩咐，在他饭桌位置的附近放上一个巨大的、脖子上围着餐巾的黑色木猫，这只猫名叫卡斯帕，是1926年由一块普通木头设计并雕刻而成，每当吃饭人数为13人时，它便被放到温斯顿爵士的旁边。

由于俱乐部的人数局限在50人，所以，它的成员都是上、下议院里的重要人物和其他名人。"别人俱乐部"是一个非政治性俱乐部，它之所以得此名字，是因为它的宗旨是：

经常倾听别人的声音。

相比之下，人们熟悉的薄烤饼节则是与"别人俱乐部"迥然不同的活动。该节日是大斋节的第一天，常在2月2日到3月8日之间的某一天举行。据说，它的起源可以追溯到很久以前，那时，大斋节里禁止食用黄油和鸡蛋，为此，家庭主妇们总要尽量在节俭期到来之前用完所有的鸡蛋和黄油。

在伦敦的威斯敏斯特学校，人们对扔薄烤饼的活动非常认真。在一个教堂司事带领下，队伍端着一个薄饼从威斯敏斯特教堂走到学校；身着白色衣服的厨师把薄饼从学生们的头上高高扔过去，哪个学生抢到的块最大，就能得到由教堂基金会发的一枚金币，而厨师也能得到两枚金币。

最流行、最引人注目的是一年一次在白金汉郡的奥尼镇举行的薄饼赛跑。据说，这个节日自1450年以来每年都要举行。比赛开始时，妇女们站在起跑线上，每人手里都端着一个盛着噼啪作响的煎薄饼的锅。比赛还有以下几个规则：

其一，参赛者必须在18岁以上并在此之前在奥尼教区或华铃顿比赛地区住过6个月以上。

其二，每个妇女必须系一条围裙，而且头上还要戴一顶帽子或头巾。

其三，参赛者禁止穿宽松裤子。

其四，所有妇女必须在比赛过程中扔三次薄饼。一次在起点处，一次在向教堂的路上冲刺时，一次在比赛途中的任何一个地方。

第一个将薄饼给教堂门口打铃人吃的选手，将从他那儿得到一个传统上的吻，并被人们欢呼为该年的薄饼冠军。

总之，如果说"别人俱乐部"是一个少数政界要人享受的具有贵族品位的休闲方式；那么，薄饼赛跑则纯粹是一个大众化的活动。两者尽管形式和参加者都不相同，但它们却从不同的角度反映了英国传统文化的一部分。

趣味风情篇

英国公学

　　全世界的人只要提到英国教育，马上就会联想到它的公立学校，尤其是像伊顿中学这样的名字。其实，伊顿是一所公学。最有名的公学实际上并非真正的公立，而是接受13岁到18岁男生的私立中等学校。而且，在整个中学教育体系中，公学所占的比例非常低，40个英国男孩中只有一个能进入公学，1500个中才有一个能进入伊顿。但尽管如此，如果一个父母有能力支付私立学校的费用，他还是会把孩子送到那里去的。

　　这些私立中学基本上是由管理机构掌管。作为受托人，他们的任务是运作由慈善机构和富人赠款所形成的基金，他们不为赢利，意在平衡预算。

　　我们很难给"公立学校"下一个精确的定义，但可以肯定地说，大概有100所学校为公认的公立学校，其中约有30所属于"重点公学"。大多数的公学，尤其是那些最著名的公学，常以它们所在的城镇或村子的名字命名，它们中最有名的有：伊顿公学、哈罗公学、温切斯特公学和拉格比公学。

　　要进一所著名的公学，一个男生每学期的费用为900－1000英镑，而在不太出名的学校上学花费只有600英镑。当一个男孩被学校暂定接收后，他还必须参加公学的普通入学考试。一些公学只接收那些在这一入学考试中成绩出众的男孩，而有些公学则有意优劣兼收。

　　每个公学都有它独特的校规和习俗——比如校服、特殊的衣服、领带、帽子、仪式和传统。但从本质上讲，它们并没有太多的差异。

一个典型的公学大概有 500 名男生，在它们的校园里，既有一些三四百年历史的古老建筑，也有现代而设备优良的科学实验室。

虽然教学由学校统一安排，但孩子们都住在不同的"房子"里。通常是一个男孩住进一座房子之后，便一直住在那里，直到离校。每个房子约有 50 个孩子，由管家和他的妻子照顾。这样的一座房子就像是一个社会的缩影。在公学中，低年级学生要听从高年级学生的使唤是人人皆知的制度。就在不久前，最小的男生还必须为大男生提供私人服务，比如是给他擦皮鞋和跑腿，不过现在这一现象少多了。

各个公学都很注重体育运动。男生们几乎每天都要参加某种运动，如踢足球、打板球、在附近的河上划船、跑步或别的什么运动。不过，除体育以外，学校现在也鼓励学生们参加其他一些非学术性的活动。孩子们按照各自的追求和爱好形成自己的组织，互相学习，受益匪浅。

在大多数公立学校。宗教都占有重要的位置。几乎每个学校都有一所教堂，它足够容纳所有的老师和学生，教堂在学校建筑中非常醒目。就在 50 年前，大多数公学的校长还都是神职人员，现在情况虽已不是如此，但校长们仍要对学校的宗教事务有着特殊的兴趣，而且不时还要在学校的教堂里做周日布道。

平均每 10 个孩子有一个老师，班级小而灵活。当孩子们长大一些进入六年级时，他们会得到更多的机会和鼓励来发展自己的独立思考能力。与普通中学相比，公学在传授知识方面并没有什么特殊之处，但它们自信能为学生们提供使其思想向深度和广度发展的条件——不仅是思想，也为整个人格的发展提供条件。

除了课程的设计为体育和其他户外运动留出了充裕的时间以外，更重要的是住宿和学校的气氛给学生们一种忠诚和竞争的意识。对于一个孩子来讲，他在宿舍里的历程就像将来在社会上面临的历程一样。他一开始必须学会以低位的姿态对上级表示出应有的尊重，但等他进入高年级，自己当上级长以后，他又能学会领导的责任和

艺术。

由于这些男孩们很早就离开了家，他们都学会了压抑自己的感情——有时甚至学会了没有感情。当然，他们还要学会不要对自己过于认真。整个来讲，公学里毕业出来的孩子要比普通的孩子更加复杂、成熟和自信。

那么，是什么原因使公学如此成功呢？为什么会有那么多人要申请有限的名额？又为什么有那么多昔日的毕业生能成为国家的领袖人物呢？答案就是：

要想在生活中成功，你必须让自己适应已当权者的要求，而公学则能帮助你成为那样的一个人。当然，他们中最优秀的学生在学业上是很出众的。这就是为什么有那么多父亲渴望把自己的孩子送进这些著名的学校里。

趣味风情篇

英国人的度假习惯

人们对闲暇时光的态度,很大程度上受现代人对旅行的热爱和舒适条件的影响。

英国人喜欢举家出游,而且大都选择著名的景点或海滨,所以这些海滩地区总是人多得几乎到了看不见沙子的地步。也有人则选择人迹罕至的偏僻地区,在那里沿着山间小道走走,或顺着海湾看看海豹和海鸟。英国的海岸有很多英里的悬崖和海滩都保持着自然的美景,因为法律规定,这些地方不允许有任何建筑。

所以,海边是英国人最喜爱的度假地。在英国旅行,吃饭还比较便宜,不过房费却并非如此。英国人总是租房或租公寓来度假,但传统上度暑假的方法是住进一个供膳食的寄宿舍。这样的寄宿舍总爱在自己的窗户上放上一张卡片,宣传它的床位和早餐。在海滨城镇上,这种房子满街都是,几乎每家窗户上都有这么一张卡片。

近年来,人们又兴起几种新的度假方式,其中,最有趣的是被称为野营的度假形式。这些营地由很多小型但却舒适的郊外房子组成,此外还有中心餐厅、舞厅和游泳池。在英国,帐篷式的野营不像在法国那么流行,因为英国夏天的天气太不作美。但另一方面,活动住房却在这里极其普遍。

汽车、良好的道路和农业人口的减少刺激了城市里的人们来购买乡村里多余的小屋。在过去的10年里,这些村舍的房价增长如此之快,以致当地人在需要时都无法购买。冬天,人们在这些小屋里度周末是很平常的事;但在夏天,房屋的主人们却常常喜欢把它们出租出去。

英国人在许多方面也许是保守的,但他们却很喜欢去新的地方旅行。他们总是远途旅行的先行者。英国人是第一批登上阿尔卑斯山脉顶峰的人之一。现在,英国每年都会有更多的男女老少来到欧洲大陆的某些地方。许多人带着他们的帐篷、活动房子和汽车,乘渡船、气垫船或托运汽车的飞机,跨过英吉利海峡来大陆旅游。但也有人愿意通过旅行社来预订旅馆,进行团体旅行。有趣的是他们中的一些人到了外边之后却便迷上了商店,把大部分的精力花在了绞尽脑汁购物上面,拼命想着要买些什么和怎样把价格折合成英镑和便士。回到家以后,他们便无休止地谈论这些事情,吹嘘自己讨价还价的本领,同时也抱怨他们为喝杯茶而付出的昂贵代价。

趣味风情篇

英国人的肤色

　　希尔达·马丁的父母出生于牙买加,而她则出生在伦敦。在她毕业的时候,她说的英语就像所有受过教育的英国女孩说的一样正规。事实上,她已把自己看做是一个英国人。她不仅聪明,上了大学,还以优等的成绩毕了业,获得了化学学位。她自信能找到一份好的工作。

　　很快,她便在《泰晤士报》的招聘广告中看到了她想要的工作。她写了一封信,说明自己所具备的一切条件,并很快就接到了老板本人打来的电话,说想了解一些详情。他们的谈话非常友好,双方商定希尔达下个星期一去面试。到了星期一,她被引见进去后,发现自己面对的是一位穿着讲究的中年男子。可一看到她,那人脸上的笑容却凝固了。在那一瞬间,希尔达已经明白自己将失去这份工作了。她静静地等着他来开口;他没有邀请她坐下,而是平淡地说,很遗憾那份工作已经有人做了,他说他曾试图给她打电话,但是电话总是占线。

　　"我不相信你的话,"希尔达冷静地说,"你必须证明这一点。否则就是种族歧视,我要起诉你。"结果是她胜诉了,得到了那份工作。

　　这就是希尔达的故事。也就是说,尽管英国的种族歧视不如在美国那么明显,但它确实是存在着;而且,与美国相比,英国在有色人种问题方面所取得的进步更加缓慢。经过一代又一代人的努力。"黑色是美丽的!"已在现代美国社会得到了强烈的共鸣。20世纪60年代美国发生的'漫长而炎热的夏季'骚乱已证明了,黑人有能力

使白人震惊。在今天的美国，不管有些白人多么仇恨和惧怕黑人，但是他们会小心谨慎，不把这种情绪在公共场所表现出来。同时，越来越多的黑人也正在步入中产阶层。可是英国的情形却远非如此。原因是在过去的 40 年里，几乎所有来到英国的西印度移民都是贫穷的工人。他们中没有几个人能有希尔达的那种勇气，为自身的人权而斗争，让保守的英国人把他们作为平等者来接受。

趣味风情篇

英国体育运动

英国人是竞技运动的爱好者。当他们不打球和不看比赛的时候，他们就会谈论和思考它们。

英国特有的运动是板球。许多运动虽源于英国，但在其他国家却很盛行。板球则不同，它只在英联邦国家如澳大利亚、印度、巴基斯坦和西印度群岛才广泛流行。在英国，除了极北部地区，几乎每个村子都有自己的板球俱乐部。一场一流的比赛要持续长达三天的时间，每天下午要打上6个小时。

不过，板球运动没有得到太大的发展。对于多数英国人来说，前后长达8个月的足球季节要比4个月的板球更加重要。职业足球是一个大的体育项目，每个城镇都至少有一个职业足球俱乐部。队员与所在队的那个城镇之间并不一定有什么个人联系，队员也可以在俱乐部之间买卖。每年5月，在伦敦举行的英超是足球赛季的头等大事。

英式橄榄球使用的是一个鸡蛋形的球，由于球手不穿防护外衣，使得该运动成为一种很危险的运动。这种运动因发源于著名的拉格比公学而得名。在英国北部，有一些职业橄榄球队，但在其他地方，打橄榄球的多是些业余球员。此外，该项运动深受中产阶层的喜爱，在很多著名公学里都很流行。

多数中学都设有运动场地，男生们通常在冬季打橄榄球或踢足球，在夏季一般打板球。女生们在夏天打网球和一种垒球，在冬天则是打无挡板篮球和曲棍球。至于男式篮球，基本上可以说是无人问津的。

比较社会化的成人运动是高尔夫球和网球,打这种球的人很多。高尔夫球场还是重要的商业交往中心,像银行经理一样的人就很喜欢打高尔夫。此外网球俱乐部也随处可见,每个镇上的公园里都有网球场,人们不用花太多钱就能打场网球。

除了英式足球以外,英国生活中一项重要的观看运动便是赛马。由于英国法律禁止星期日赛马,英国的赛马运动在组织上和别的国家有很大不同。大多数的赛马比赛都在工作日和工作时间里举行,而且,在很大程度上,赛马场上的气氛仍像18世纪那样,上流社会和普通平民是分开的。每天,全国各地都有人在当天的赛马比赛上赌上一把。

虽然英国人那么热衷于观看赛马,但他们对人类的赛跑却不感兴趣。田径运动和体操只有学校里才有,很少有哪个城镇设有公共跑道。喜欢自行车赛的人更是罕见。但另一方面,四人或八人的划船比赛却在邻近水域的学校和大学里占有很重要的地位。比赛时,河两岸会有大群的观众观看助阵。

英国人提到"打猎"时,他们通常指的是猎狐。喜爱这种运动的人很少,但他们都是英国社会中举足轻重的人物。今天虽然有很多人认为猎狐残酷而违背人性并主张立法禁捕,不过,这一主张实现的可能性却很小。

美国人提到打猎时,也包括打鸟,英国人则不是如此。英国北部和苏格兰的沼泽地区有很多的山鸡和山鹑,在沼泽地里打鸟也许是最典型的上流活动。每年8月12日打猎季节开始后,便有很多上流人士云集此地,不惜千金来追求此项享受。现代领导人由于害怕失去选票一般不再打猎,如果打,他们也尽量避开照相机的镜头。

英国是很多现代最流行运动的故乡。今天,英国人也许在世界比赛的各个项目中水平一般,但他们却很在意"运动的精神",注重对规则和对对手的尊重,强调赢而不傲、输而不躁的美德。

趣味风情篇

愚人节的趣闻

4月1日是一个特殊的日子，在那一天，你可以恶作剧而不至于被惩罚。人们对该节日的渊源不是很清楚，但它似乎源于法国，是1582年格列高利实施的结果。

在16世纪的法国，人们在4月1日那天过新年，过法和今天的差不多，也是举办晚会和舞会，直到深夜；到了1582年，教皇格列高利向基督教世界介绍了一种新历法，新年改在1月1日那天。但有一些人因不知道或不信这一日期上的变化，仍继续在4月1日那天过新年；其他人便捉弄他们，叫他们"四月愚人"，骗他们去跑腿或试图让他们对某种假的事情信以为真。

在今日的法国，孩子们把一个纸鱼粘在他们朋友的背上以此愚弄他们，当"年轻的愚人"发现了这一把戏时，恶作剧者便会喊道："愚人鱼！"

美国人也会在那天愚弄他们的朋友或陌生人。人们通常玩的一个把戏就是，指着一个朋友的鞋，说："你的鞋带开了！"在19世纪，老师们会指着天上对学生们说："瞧，一大群鹅！"学校里的孩子也许会对一位同学说，学校不上课了。不管恶作剧是什么，只要不知情的受害者对玩笑信以为真，对方都会对他喊道："四月愚人！"

通常我们让人做的"愚人差事"属于日常性玩笑：在糖碗里加上盐，小甜饼里塞进棉花，早餐时端上一个空蛋壳都是很好的传统把戏。有些恶作剧会持续一整天，直到受害者意识到那天是什么日子为止。愚人节的玩笑大都好玩而无害。那种能使每个人，尤其是让被作弄的人发笑的玩笑是最聪明的愚人节玩笑。

此外，还有愚人节信件，其特点是集胡闹、骗人、荒唐、通俗诗歌和爱情于一身。这种信件从不署名，但很明显，姑娘们喜欢对写信人作出各种猜测。女孩子如能在4月份收到一封愚人节信件——因为人们可以在4月的任何一天寄出——会被认为是一种最令人满意的荣幸，信的内容总会被不无羡慕的熟人们一块儿分享。

愚人节的恶作剧似乎并不只局限于孩子们，成年人在办公室里也同样玩这种作弄人的游戏：打假电话，发一些根本不存在的晚会票，制造炸弹惊慌，这些都算是精心设计的把戏。

发生在罗得岛州一位推销员身上的故事，可以说是愚人节恶作剧之最了。办公室里人人皆知一个有妇之夫在和一位秘书有来往，而那个女孩又是个十足的疯子。于是，一位推销员就说服女孩，在愚人节给她的男友开一个玩笑，说自己怀孕了。这个女孩走进男友的办公室，故意把门开着，以便大家都能听到。她的话使男友吓坏了，他说这玩笑开得太大。不过，他心里也许暗暗庆幸，好在这只是一个愚人节的恶作剧。

他笑了笑，又一如既往地和她保持着来往。

趣味风情篇

十二生肖迎世博

随着世博会的日益临近。这天，世博吉祥物"海宝"将十二生肖召集到一起，共商庆祝大计。

"海宝"说：今天既然十二生肖都到齐了，大家就表个态，能为本次的上海世博做那些工作。当然，付出总有回报，表现积极的，将会得到世博会的开幕式门票一张。

十二生肖一听有机会亲临现场观摩，顿时欢腾。

老鼠首当其冲：我能为世博会的地下水道清理和通讯管线检测工作尽一点力。这可是个重要职责喔！众生肖嗤声一片。老牛满吞吞地踱了出来：世博会的运输托运工作就交给我好了，我一定不负重望兢兢业业。其他生肖奚落道：怕是要耽误了大事呢！虎跳出来大声咆哮，把"海宝"吓了一跳。老虎说：世博的安全保卫工作就交给我吧，看哪个小子敢捋虎毛。生肖小声嘀咕：老虎也有打盹的时候，还是武警公安更尽职。兔子说：绿化就让我去搞好了，我会让上海更加清洁美丽！生肖们依旧不满：恐怕是要中饱私囊呦！兔子委屈地躲到一旁，哭红了眼睛。龙说，世博期间的气象预报工作就让我代劳了，这个艰巨的任务非我莫属。众生肖不屑，谁都知道龙是个自由散漫的家伙。蛇说：地铁站的安全和交通疏导工作就让我负责吧。生肖们回应，你整天冷冰冰的态度不好，还是找个亲和力好，能服众的去管理吧。马上前自我推销：世博期间的出租车载客就交由我好了，一定礼貌周全。生肖们议论声起，马的外语不好，又不懂上海的交通规则，会制造麻烦造成拥堵。羊斯条慢理地迈出前蹄，我看我就给大家出出主意吧，以我多年的经验……话没说完

便被大家打断：世博会的规划早就提前做好了，你年纪一大把走路都要人搀扶，就别在这里添乱了。猴子说，世博会的接待任务就交给我吧，我机灵又乖巧，做个志愿者总没错。大家笑成一团，你是惦记着世博会的果盘吧！鸡抖擞上前：世博会的报时和日程安排我一定会让大家满意。生肖们嘲讽：你小子一见美女就不管不顾地往前凑，别把洋美人吓坏了。狗汪汪几声，毛遂自荐：我要求到机场负责安检，可别让恐怖份子钻了空子。众生肖说：想法不错，不过你丫土包子一个，没经过特殊训练，还是警方的狼狗专业。猪哼哼唧唧：世博会的餐饮工作交给俺老猪，一定美味可口，让老外不停吧唧嘴。兔子跳上前拍拍老猪的肥肚腩，你还是去练练你的腹肌吧。世博会的饮食都是精挑细选，健康又安心，你不符合标准。猪顿时满脸羞愧。

"海宝"忙打圆场"好了！好了！既然大家谁也不满意谁，那就来个智力冲关。我有个提议，咱们十二生肖各来一个成语，成语里不仅点出自己，还要包含别的生肖动物。大家看怎么样？"这倒是没争议，大家纷纷赞同。

还是老鼠打头"鼠肚鸡肠"大家乐成一片。牛考虑半天憋出一句"牛头马面"大家笑声更大"老牛你真逗，今年你让赵大叔牵着上春晚吧！"牛臊红了脸。老虎为老牛解围："要上春晚也是我上。老赵这么多年为观众辛苦了，我驮着他上春晚！"老虎响亮地吼了一嗓子"虎踞龙盘"大家齐喊："有气魄！我喜欢！"兔子竖起耳朵来了一句："兔角牛翼"大家哈哈大笑："比老牛的更没谱！"龙窜上晴空，云里雾里地来了一句"龙争虎斗"大家纷纷赞好。蛇吐动信子振动尾巴"虎头蛇尾"生肖们寻思也能入围。马扬鬃奋蹄："龙马精神"众生肖纷纷赞扬。羊捋了把白花花的胡须"鼠穴寻羊"到底是羊老练，这么生僻的成语都能让他想出来。猴子调皮地翻了个筋斗："土龙沐猴"龙揶揄道："你再能耐也不会翻筋斗云。"鸡闪亮登场振翅欲飞："鸡犬升天"狗不乐意了："我可不陪你瞎折腾，我有点晕机。"狗很绅士地来了一句："愿效犬马之劳"精神可嘉，大家鼓起掌来。猪哼了一声，自夸自磊："一龙一猪"兔子又上去拍了一下："卡哇依！我这才发现你还真有点像龙猪呢！"

"海宝"看着这幕喜剧，乐弯了腰。"海宝"拿出一摞票券，分发给大家："都有！都有！这次恒源祥家纺赞助了你们的入场卷。大家不必再争了，好好观看演出，为建设我们的祖国，我们的上海多出力吧！"

十二生肖欢呼雀跃，搂抱在一起跳起了舞蹈。

趣味风情篇

最美乡村医生

1964年，居马泰出生于新疆伊犁特克斯县乔拉克铁热克镇，1992年他毕业于伊宁卫校，被分配到距离县城九公里的包扎墩牧区卫生院。这一干就是二十年。

包扎墩是一个有着四千余牧民的冬牧场。进入包扎墩的路途十分艰险，身边是悬崖峭壁，脚下是万丈深渊，稍有不慎就会坠崖。包扎墩因此也被当地人称为"天堑之地"。而居马泰每个月都要走这条路去为牧民巡诊，一去一个月不回来，回来没几天，就又进山了，几乎一个冬天都要待在包扎墩。

2002年，居马泰的弟弟叶尔波力患高血压，期间都是居马泰在照顾。但就在居马泰进包扎墩巡诊时，由于弟弟高血压突发并脑出血，失去了最好的治疗期不幸去世。等他一个月后回到家的时候连丧事都办完了。

他说："路这么险，又没有通信工具，如果一个孩子发烧，不及时就诊，如果一个妇女难产，得不到医生及时的专业助产，如果一个老人血压药不及时送过去，也许就会要了他们的命。所以他们需要我，我也离不开他们。"年轻医生换了一批又一批，但居马泰一心惦记这里的牧民，始终坚守。

居马泰本身患心脏病，在高原山区工作，随时会有生命危险。再加之他妻子动了五次手术，三个孩子还生还年幼，当地卫生局领导考虑他的实际情况，准备把他调回农业村，但是他婉言谢绝。

居马泰本来就不富裕的收入要承担家里五口人的生活费用，可他还经常减免注射费以及诊疗费，赊账垫钱为贫困牧民看病。二十年来，经他减免的注射费、医药费等近十万元。

　　当地牧民居住十分分散，去一个牧民家要翻好几座山才能到达。2010年，他在问诊途中正逢雨雪天气，山路湿滑十分难走。在一段狭窄的山路上，马不小心失蹄，把他摔到岩石上，马坠下山崖。

　　当时没有任何的通讯设备，他又得去救治一名正在发烧的婴儿。他知道若不及时救治，也许这个小生命就夭折了。居马泰拖着一瘸一拐的伤腿，婉蜒爬行十公里路，才到达目的地。

　　给孩子看完病，居马泰自己却因为受伤的腿及体力不支病倒了，后是牧民们把他从包扎墩送下来医治的。在二十多年的巡诊中不知他救治过多少生命垂危的病人。

　　包扎墩这个平均海拔在三千多米，总面积二千二百余平方公里的冬牧场留下居马泰无数的脚印和汗水。他在2012年入选由中央电视台主办的"寻找最美乡村医生"大型公益活动中的"最美乡村医生"。

趣味风情篇

新编杞人忧天

古时，相传杞国有位富家公子，世称"杞人"。对于正处青春期的年轻人，本应享受多彩的生活，却惶惶不可终日，总担心有朝一日，天会塌下来，地会陷下去。任凭父母劝导、亲戚劝说，杞人就是听不进去。后来，还被医院诊断患上了严重的抑郁症。

某日，一从小玩到大的朋友前去开导杞人："老弟，听说你最近心事重重，到底是怎么了？"

"没怎么，就是有些事一直想不通而已。"杞人无精打采地回道。

"想不通的应该是我啊，为了生活起早贪黑，四处奔波。不像你，老爸是企业高管，老妈又是地方官员。你是衣食无忧啊，居然也想不开？"

只见杞人一本正经地说："你不懂，我担心自然有我的道理。试想一下，如果大气中的有害物质，漂浮降落到地面，地球会怎样？如果滥采滥伐，导致地质下陷，地球又会怎样？"

朋友频频摇头，哈哈大笑起来，"你是吃饱了撑着，即便你的担心都会实现，那要等到猴年马月嘛，而且地球上生活着那么多人，你有什么好担心的！"

杞人淡淡一笑，回敬道："你等凡夫俗子，是不会明白的。早晚有一天，你们会明白我所说的。"

见杞人如此固执，朋友无奈走开了……

若干年后，各种大气污染、水污染、地质污染等破坏生态坏境的问题层出不穷，也印证了杞人当年未雨绸缪的忧虑。

趣味风情篇

老爸的手机

薛宁出生在一个小山村，母亲走得早，是父亲把他拉扯大的。他考上大学后，利用勤工俭学买了两部便宜的手机，又教父亲学会了发短信。大学四年，为了节省话费，他和父亲便靠发短信联系。如今，他已在城里成家立业。昨天夜里，他给父亲打电话，却怎么也打不通。他急得一宿没睡，第二天天一亮，就拉着老婆于梅坐上了回家的客车，薛宁把屋里屋外都找遍了，就是没有父亲的身影，就在他心急如焚的时候，父亲唱着山歌，挑着担子从外面回来了。父亲见到儿子媳妇，纳闷的问道："你俩咋回来了？也不说一声？"薛宁见父亲没事，一颗悬着的心这才放下来。

"您老怎么回事啊？昨天我打了一宿的电话，您都没接。"

父亲知道儿子是担心自己，便从抽屉里取出了手机："昨天我就在家里，可是没听见这玩意儿响动，今天一早就和隔壁老王去赶集了，一回来才见到你们。你给爹看看。不知道怎么回事，这手机好像出毛病了，声音就像蚊子哼哼一样。"父亲把是手机递给薛宁，薛宁一看，上面有五十多条未接来电。

薛宁说要给父亲买个新手机，可父亲不肯，说手机还能用。薛宁拗不过，就随着父亲了。两口子又陪了父亲几天，便坐车回去了。

夫妻俩计划国庆节期间接父亲到城里住一阵。到了国庆节那天，薛宁突然接到一个大单，如果签下来，对他今后升职有很大益处。等签完单，再去接父亲肯定来不及，于是他只好让于梅去车站接父亲。

当天下午，他刚把单签下来，便赶紧给于梅打电话，问老爸有没有接到，可是电话那头传来的消息，却让薛宁一下子蒙了。

于梅告诉他,从中午起她就一直在等父亲的电话,可是父亲的电话迟迟不来,而她给父亲打电话,父亲又不接,现在根本联系不到父亲。于梅害怕老人家出什么意外,已经报警了。薛宁和于梅带着警察把整个车站都找遍了,却一直没有找到老爸,眼看天就要黑了,如果父亲真的出个什么事,自己可怎么办?薛宁责怪自己,不应该为了自己的工作让父亲在城里迷路。他边找边喊着父亲,声音都喊哑了。

经过一番寻找,在民警的帮助下,他们终于在离车站不远的一家饭馆里找到了父亲,原来父亲到了城里以后本来是要联系儿媳妇的,可是电话怎么折腾都打不出去,后来肚子饿了,就去附近找了家饭馆吃了点儿饭,他想着儿子与媳妇肯定回来找他,所以就一直等着。

薛宁一听,又是这破手机惹的祸,说什么也要给父亲换个手机。父亲虽然你还是有些舍不得的样子,可是还是同意了。

第二天,薛宁带着父亲去了手机店。按照父亲的要求,买了个和以前那个手机差不多的款式。

当天晚上,薛宁经过父亲房间是,发现父亲一直在倒腾新手机,看样子很喜欢。

次日,薛宁和所想吃父亲做的担担面,让老婆出去买酒,自己则留在家里陪父亲聊天。薛宁看父亲的新手机就放在一旁,就拿起来玩了玩。

父亲自顾自地说着儿子的童年趣事,却半天没有回应。他回头一看,儿子正直愣愣的盯着手机。

"爸,您死活不换手机,是不是因为这些?"薛宁的双眼已经蒙上了一层雾气。父亲接过手机,原来薛宁翻到了手机短息的草稿箱,里面是他昨天花了一晚上时间从原来那个手机上一个字一个字地复制过来的,是儿子的短信。

"爸,过几天就是劳动节了,我想回趟家看看您行不行?"

"爸,我考试全科通过啦!而且有希望拿奖学金!"

"爸,今天是父亲节,祝您身体健康……"

趣味风情篇

病床前的孝子

海叔发病住进了医院,他旁边的病床上,是个一直昏迷着的老大爷,由两个保姆照料着。

这天,有个三十多岁的瘦高个来探病,一进病房,就坐到老大爷的床边,一会摸老大爷的额头,一会掰老大爷的眼皮。

瘦高个忽然俯在老大爷耳边,焦急地呼唤:"爸,快醒醒啊,我是老二,您说话呀!"

海叔看得动容,不由得想:这儿子可能工作太忙,不能亲自守在床边吧?看他难过的样子,有这份心就行了。海叔又想到自己,他也突发过高血压,那时,儿女们也都没有回来,也是花钱请了专门的保姆。

海叔忍不住拍了拍瘦高个的肩膀,说:"年轻人,你爸犯的是高血压吧?没事,他很快会醒过来的。"

瘦高个两眼一亮,"大爷,你也犯过这病?"

海叔一笑:"我以前突发过高血压,也像你爸这样,但睡了一个多星期自然就醒了。"

海叔将这些说出来,是觉得眼前的瘦高个是个孝子,说给他听,是想让他别太担心。

瘦高个子果然宽慰了许多,走的时候也显得一脸轻松。

晚上,又来了个胖子探病。胖子也像瘦高个一样,又是摸老大爷的额头,掰老大爷的眼皮,比之前的瘦高个一点也不差!

"爸,你快醒醒啊,我是老大。"胖子也是一脸痛苦地呼唤。唤不醒老大爷,竟然伏在床上,伤心得哭了:"爸,您醒过来说说

话啊!"

海叔看得很是感动,差点没跟着落泪。海叔想了想,像安慰瘦高个一样,也安慰了一遍眼前的胖子。

接下来,一连好几天,每天的中午和晚上,海叔都能见到瘦高个和胖子。他们来的时候呆的时间也不久,都是对着老大爷低声呼唤,最后都很痛苦和失望地走了,而照顾老大爷的则依旧是那两个请来的保姆。

一个星期后,海叔快要出院了。这天,那两个保姆守在老大爷的床边,小声地说着话。突然,海叔看到老大爷的眼皮动了动,接着嘴唇也动了动。他心中一喜,好心地提醒说:"你们快看,病人醒了!"

两个保姆一看,老大爷的嘴唇果然动得更加厉害了。俩人对视一眼,都飞快地掏出手机,通知老大爷的两个儿子。

十多分钟后,瘦高个和胖子争先恐后扑到病床前,海叔看着这一幕也由衷地笑了。

"爸?"瘦高个抢了个先,激动地喊了出来。

他刚喊完,胖子一把将他拉到后面,也扑到床头,高喊一声:"爸?"

瘦高个被拉开,却不甘示弱,拼了吃奶的力气,硬是挤到床前,两个儿子就这么挤在一块,激动地看着床上的老大爷。

老大爷刚醒不久,听到两个儿子的喊声,眼珠子转来转去,但就是转不过来,突然间,苍老的眼窝里就滚满了泪水。

海叔忍不住劝说:"你们爸爸刚醒来,不要太吵,让他先好好休息一会。"

哪知,瘦高个和胖子对海叔的话压根就没听见,一人一边,对着老大爷的左耳和右耳,争抢着大声叫喊:"爸,您倒是说话啊,公司由谁来继承?!"

听到突如其来的叫喊,海叔满眼泪花的笑容,在那一刻突然僵住了!

趣味风情篇

爱诗的小鬼和聪明的太太

你认识小鬼,但是你认识太太——园丁的老婆吗?她很有学问,能背诵许多诗篇,还能提笔就写出诗来呢。只有韵脚——她把它叫做"顺口字"——使她感到有点麻烦。她有写作的天才和讲话的天才。她可以当一个牧师,最低限度当一个牧师的太太。

"穿上了星期日服装的大地是美丽的!"她说。于是她把这个意思写成文字和"顺口字",最后就编成一首又美又长的诗。

专门学校的学生吉塞路普先生——他的名字跟这个故事没有什么关系——是她的外甥;他今天来拜访园丁。他听到这位太太的诗,说这对他很有益,非常有益。

"舅妈,你有才气!"他说。

"胡说八道!"园丁说。"请你不要把这种思想灌进她的脑袋里去吧。一个女人应该是一个实际的人,一个老老实实的人,好好地看着饭锅,免得把稀饭烧出焦味来。"

"我可以用一块木炭把稀饭里的焦味去掉呀!"太太说。

"至少你身上的焦味,我只须用轻轻的一吻就可以去掉。别人以为你的心里只想着白菜和马铃薯,事实上你还喜欢花!"于是她吻了他一下。"花就是才气呀!"她说。

"请你还是看着饭锅吧!"他说。接着他就走进花园里去了,因为花园就是他的饭锅,他得照料它。

学生跟太太坐下来,跟太太讨论问题。他对"大地是美丽的"这个可爱的词句大发了一通议论,因为这是他的习惯。

"大地是美丽的;人们说:征服它吧!于是我们就成了它的统治

趣味阅读 161

者。有的人用精神来统治它,有的人用身体来统治它。有的人来到这个世界上像一个惊叹号,有的人来到这个世界上像一个破折号,这使我不禁要问:他来做什么呢?这个人成为主教,那个人成为穷学生,但是一切都是安排得很聪明的。大地是美丽的,而且老是穿着节日的服装!舅妈,这件事本身就是一首充满了感情和地理知识的、发人深省的诗。"

"吉塞路普先生,你有才气!"太太说,"很大的才气!我一点也不说假话。一个人跟你谈过一席话以后,立刻就能完全了解自己。"

他们就这样谈下去,觉得彼此趣味非常相投。不过厨房里也有一个人在谈话,这人就是那个穿灰衣服、戴一顶红帽子的小鬼。你知道他吧!小鬼坐在厨房里,是一个看饭锅的人。他一人在自言自语,但是除了一只大黑猫——太太把他叫做"奶酪贼"——以外,谁也不理他。

小鬼很生她的气,因为他知道她不相信他的存在。她当然没有看见过他,不过她既然这样有学问,就应该知道他是存在的,同时也应该对他略微表示一点关心才对。她从来没有想到过,在圣诞节的晚上应该给他一汤匙稀饭吃。这点儿稀饭,他的祖先总是得到的,而且给的人总是一些没有学问的太太,而且稀饭里还有黄油和奶酪呢。猫儿听到这话时,口涎都流到胡子上去了。

"她说我的存在不过是一个概念!"小鬼说,"这可是超出我的一切概念以外的一个想法。她简直是否定我!我以前听到她说过这样的话,刚才又听到她说了这样的话。她跟那个学生——那个小牛皮大王——坐在一起胡说八道。我对老头子说:'当心稀饭锅啦!'她却一点也不放在心上。现在我可要让它熬焦了!"

于是小鬼就吹起火来。火马上就燎起来了。"隆——隆——隆!"这是粥在熬焦的声音。

"现在我要在老头子的袜子上打些洞了!"小鬼说。"我要在他的脚后跟和前趾上弄出洞来,好叫她在不写诗的时候有点什么东西补补缝缝。诗太太,请你补补老头子的袜子吧!"

猫儿这时打了一个喷嚏。它伤风了,虽然它老是穿着皮衣服。

"我打开了厨房门,"小鬼说,"因为里面正熬着奶油——比浆糊还要稠的奶油。假如你不想舔几口的话,我可是要舔的!"

"如果将来由我来挨骂和挨打,"猫儿说,"我当然是要舔它几口的!"

"先舔后挨吧!"小鬼说。"不过现在我得到那个学生的房间里去,把他的吊带挂在镜子上,把他的袜子放进水罐里,好叫他相信他喝的混合酒太烈,他的脑袋在发昏。昨天晚上我坐在狗屋旁边的柴堆上,跟看家狗开了一个大玩笑:我把我的腿悬在它头上摆来摆去。不管它跳得怎样高,它总是够不到。这把它惹得火起来了,又叫又号,可是我只摇摆着双腿。闹声可真大啦。学生被吵醒了,起来三次朝外面望,可是他虽然戴上了眼镜,却看不见我。他这个人老是戴着眼镜睡觉。"

"太太进来的时候,请你喵一声吧!"猫儿说。"我的耳朵不大灵,因为我今天身体不舒服。"

"你正在害舔病!"小鬼说。"一舔就好了!把你的病舔掉吧!但是你得把胡子弄干净,不要让奶油留在上面!我现在要去听了。"

小鬼站在门旁边,门是半掩着的。房间里除了太太和学生以外,什么人也没有。他们正在讨论学生高雅地称为"家庭中超乎锅儿罐儿之上的一个问题——才气的问题"。

"吉塞路普先生,"太太说,"现在我要给你一件有关这一类的东西看。这件东西我从来没有给世界上的任何人看过——当然更没有给一个男人看过。这就是我所写的几首小诗——不过有几首也很长。我把它们叫做'一个淑女的叮当集'!我这个人非常喜欢古雅的丹麦字。"

"是的,我们应该坚持用古字!"学生说。"我们应该把德文字从我们的语言中清除出去。"

"我就是这样办的!"太太说。"你从来没有听到我用这 Kleiner

或者Butterdeig这样的字,我总是说Fedtkager和Bladdeig。"

于是她从抽屉里取出一个本子;它的封面是淡绿色的,上面还有两摊墨渍。"这集子里有浓厚的真实感情!"她说。"我的感情带有极强烈的感伤成分。这几首是《深夜的叹息》,《我的晚霞》。还有《当我得到克伦门生——我的丈夫的时候》——你可以把这首诗跳过去,虽然里面有思想,也有感情。《主妇的责任》是最好的一首——像其他的一样,都很感伤:这正是我的优点。只有一首是幽默的。它里面有些活泼的思想——一个人有时也不免是这样。这是——请你不要笑我!——这是关于'做一个女诗人'这个问题的思想。只有我自己和我的抽屉知道这个思想,但现在你,吉塞路普先生,也知道了。我喜欢诗:它迷住我,它跟我开玩笑,它给我忠告,它统治着我。我用《小鬼集》这个书名来说明这种情况。你知道,古时农民有一种迷信,认为屋子里老是有一个小鬼在弄玄虚。我想象我自己就是一个屋子,我身体里面的诗和感情就是小鬼——这个小鬼主宰着我。我在《小鬼集》里就歌唱他的威力。不过请你用手和嘴答应我:你永远不能把这个秘密告诉我的丈夫和任何其他的人。请你念吧,这样我就可以知道你是不是能看清我写的字。"

学生念着,太太听着,小鬼也在听着。你要知道,小鬼是在偷听,而且他到来的时候,恰恰《小鬼集》这个书名正在被念出来。

"这跟我有关!"他说。"她能写些关于我的什么事情呢?我要捏她,我要捏她的鸡蛋,我要捏她的小鸡,我要把她的肥犊身上的膘弄掉。你看我怎样对付这女人吧!"

他努起嘴巴,竖起耳朵,静静地听。不过当他听到小鬼是怎样光荣和有威力、小鬼是怎样统治着太太时(你要知道,她的意思是指诗,但是小鬼只是从字面上理解),他的脸上就渐渐露出笑容,眼睛里射出快乐的光彩。他的嘴角上表现出一种优越感,他抬起脚跟,踮着脚尖站着,比原先足足增长了一寸高。一切关于这个小鬼的描写,使他感到非常高兴。

"太太有才气,也有很高的教养!我真是对她不起!她把我放进她的《叮当集》里,而这集子将会印出来,被人阅读!现在我可不能让猫儿吃她的奶油了,我要留给自己吃。一个人总比两个人吃得少些——这无论如何是一种节约。我要介绍、尊敬和恭维太太!"

"这个小鬼!他才算得是一个人呢!"老猫儿说。"太太只须温柔地喵一下——喵一下关于他的事情,他就马上改变态度。太太真是狡猾!"

不过这倒不是因为太太狡猾,而是因为小鬼是一个"人"的缘故。

如果你不懂这个故事,你可以去问问别人;但是请你不要问小鬼,也不要问太太。

(丹麦·安徒生)

趣味风情篇

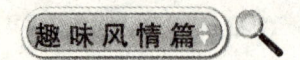

荞麦的果实为什么是黑色的？

在一阵大雷雨以后，当你走过一块荞麦田的时候，你常常会发现这里的荞麦又黑又焦，好像火焰在它上面烧过一次似的。小朋友们一定会问，荞麦的果实为什么是黑黑的呢？我可以把麻雀告诉我的话告诉你。麻雀是从一棵老柳树那儿听来的。这树立在荞麦田的旁边，而且现在还立在那儿。它是一株非常值得尊敬的大柳树，不过它的年纪很老，皱纹很多。它身体的正中裂开了，草和荆棘就从裂口里长出来。这树向前弯，枝条一直垂到地上，像长长的绿头发一样。

周围的田里都长着麦子，长着裸麦和大麦，也长着燕麦——是的，有最好的燕麦。当它成熟了的时候，看起来就像许多落在柔软的树枝上的黄色金丝鸟。这麦子立在那儿，微笑着。它的穗子越长得丰满，它就越显得虔诚，谦卑，把身子垂得很低。

可是另外有一块田，里面长满了荞麦。这块田恰恰是在那株老柳树的对面。荞麦不像别的麦子，它身子一点也不弯，却直挺挺地立着，摆出一副骄傲的样子。

"作为一根穗子，我真是长得丰满，"它说。"此外我还非常漂亮：我的花像苹果花一样美丽；谁看到我和我的花就会感到愉快。你这老柳树，你知道还有什么别的比我们更美丽的东西吗？"

柳树点点头，好像想说："我当然知道！"

不过荞麦骄傲地摆出一副架子来，说：

"愚蠢的树！它是那么老，连它的肚子都长出草来了。"

这时一阵可怕的暴风雨到来了：田野上所有的花儿，当暴风雨在它们身上经过的时候,都把自己的叶子卷起来,把自己细嫩的头儿垂下来,可是荞麦仍然骄傲地立着不动。

"像我们一样。把你的头低下来呀,"花儿们说。

"我不须这样做,"荞麦说。

"像我们一样,把你的头低下来呀、"麦子大声说。"暴风的安琪儿现在飞来了。他的翅膀从云块那儿一直伸到地面;你还来不及求情,他就已经把你砍成两截了。"

"对,但是我不愿意弯下来,"荞麦说。

"把你的花儿闭起来,把你的叶子垂下来呀,"老柳树说。"当云块正在裂开的时候,你无论如何不要望着闪电:连人都不敢这样做,因为人们在闪电中可以看到天,这一看就会把人的眼睛弄瞎的。假如我们敢于这样做,我们这些土生的植物会得到什么结果呢?——况且我们远不如他们。"

"远不如他们!"荞麦说。"我倒要瞧瞧天试试看。"它就这样傲慢而自大地做了。电光掣动得那么厉害,好像整个世界都烧起来似的。

当恶劣的天气过去以后,花儿和麦子在这沉静和清洁的空气中站着,被雨洗得焕然一新。可是荞麦却被闪电烧得像炭一样焦黑。它现在成为田里没有用的死草。

那株老柳树在风中摇动着枝条;大颗的水滴从绿叶上落下来,好像这树在哭泣似的。于是麻雀便问:"你为什么要哭呢?你看这儿一切是那么令人感到愉快:你看太阳照得多美,你看云块飘得多好。你没有闻到花儿和灌木林散发出来的香气吗?你为什么要哭呢,老柳树?"

于是柳树就把荞麦的骄傲、自大以及接踵而来的惩罚讲给它们听。我现在讲的这个故事是从麻雀那儿听来的……

(选自《安徒生童话》)

穷女人和她的小金丝鸟

她是一个穷得出奇的女人,老是垂头丧气。她的丈夫死了,当然得埋掉,但她是那么穷困,连买一口棺材的钱都没有。谁也不帮助她,连一个影儿也没有。她只有哭,祈求上帝帮助她——因为上帝对我们所有的人总是仁慈的。

窗子是开着,一只小鸟飞进屋里来了。这是一只从笼子里逃出来的金丝鸟。它在一些屋顶上飞了一阵子,现在它钻进这个穷女人的窗子里来了。它栖在死人的头上,唱起美丽的歌来。它似乎想对女人说:"你不要这样悲哀,瞧,我多快乐!"

穷女人在手掌上放了一撮面包屑,叫它飞过来。它向她跳过来。把面包屑啄着吃了。这景象真逗人。

可是,门上响起了敲门声。一个妇女走进来了。当她看见了从窗子钻进来的这只小金丝鸟时,她说:"它一定是今天报纸上谈到的那只小鸟。它是从街道上的一户人家飞出来的。"

这样,这个穷女人就拿着这只小鸟到那户人家去。那家人很高兴,又获得了它。他们问她从哪里找到它的。她告诉他们,它是从窗外飞进来的。曾经栖在她死去了的丈夫身边,唱出了一串那么美丽的歌,使得她不再哭了——尽管她是那么穷困,既没有钱为她的丈夫买一口棺材,也弄不到东西吃。

这一家人为她感到很难过。他们非常善良。他们现在既然又找回了小鸟,也就很乐意为穷女人的丈夫买一口棺材。他们对这个穷女人说,她可以每天到他们家里来吃饭。她变得快乐起来,感谢上帝在她最悲哀的时候给她送来了这只小金丝鸟。

应该告诉你的是，这篇小故事由于是从藏在哥本哈根皇家图书馆里的安徒生的一些杂物中发现的，所以无法确定它的写作年代。可能它是在安徒生30岁以前写的，故此，所存已出版的安徒生童话集中都没有收进这篇作品。

（丹麦·安徒生）

趣味风情篇

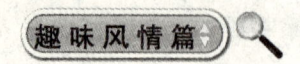

没有人愿意贫穷

　　人生的过程中尽管不无遗憾，但我学到最价值连城的一课——逆境和挑战只要能激发起生命的力度，我们的成就是可以超乎自己所想像的。

　　我成长的年代，香港社会艰苦，是残酷而悲凉的。那时候没有什么社会安全网，饥饿与疾病的恐惧是强烈迫人。求学的机会不是每一个人的权利，贫穷常常像一种无期徒刑。今天社会前行，新的富足为大部分人带来相对的缓冲保障，贫穷不一定是缺乏金钱，而是对希望及机遇憧憬破灭的挫败感。很多人害怕可上升的空间越来越窄，一辈子也无法冲破匮乏与弱势的局限。我理解这些恐惧，因我曾经一一身受。没有人愿意贫穷，但出路在哪里？

　　七十年前这问题每一个晚上都在我心头，当年十四岁时已需要照顾一家人，没有接受教育的机会，没有可以依靠的人脉网路，我很怀疑只凭刻苦耐劳，和一股毅力，是否足以让我渡过难关？我们一家人的命运是否早已注定？纵使我能糊口存活，但我有否出人头地的一天？

　　我迅速发现没有什么必然的成功方程式，首要专注的是，把能掌控的因素区分出来。若果成功是我的目标，驾驭一些我能力内可控制的事情是扭转逆境十分重要的关键。我要认清楚什么是贫穷的枷锁——我一定要有摆脱疾病、愚昧、依赖和惰性的方法。

　　比方说，当我发觉染上肺结核病，在全无医疗照顾之下，我便下定决心，对饮食只求营养不求喜恶、适当地运动及注重整洁卫生，扞卫健康和活力。此外，我要拒绝愚昧，要持恒地终身追求知识，经常保持好奇心和紧贴时势增长智慧，避免不学无术。在过去七十多年，虽然我每天工作十二小时，下班后我必定学习，告诉你们一个秘密，在过去一年，我费很大的力气，努力理解进化论演算法里错综复杂的道理，因为我希望了解人工智慧的发展，以及它对未来的意义。

无论在言谈、许诺及设定目标各方面，我都慎思和严守纪律，一定不能给人嚣惰脆弱和倚赖的印象。这个思维模式不但是对成就的投资，更可建立诚信；你的魅力，表现在你的自律、克己和谦逊中。

所有这些元素连接在一起功效非凡：它能渐渐凝聚与塑造一个成功基础，帮助你应付控制范畴以外的环境。当机遇一现，你已整装待发，有本领和勇气踏上前路。纵使没有人能告诉你前路是什么一道风景，生命长河将流往何方，然而，在这过程中，你会领悟到邱吉尔多年的名言："只要克服困难就是赢得机会。一点点的态度，但却能造成大大的改变。"

生命抛来一颗柠檬，你是可以把它转榨为柠檬汁的人。要描绘自己独特的心灵地图，你才可发现热爱生命的你、有思维、有能力、有承担，建立自我的你；有原则、有理想，追求无我的你。

（李嘉诚汕头大学"柠檬汁人生观"演讲）

趣味风情篇

父亲与我

记得是一个星期天的下午,那时我快满十岁,父亲搀着我的手,一块儿去森林,去那里听鸟的歌声。我们挥手同母亲告别,她留在家里,因为要做晚饭,不能与我们同去。太阳暖暖地照着,我们精神抖擞地上了路。其实,我们并不把去森林、听鸟鸣看作一件了不起的大事,好像有多么希奇或怎么的。父亲和我都是在大自然的怀抱中长大的,熟悉了它的一切,去不去森林,是并不打紧的。当然,我们也不是今天非去不可,只是趁礼拜天,父亲休息在家罢了。我们走在铁路线上,这里一般是不让走的,但父亲在铁路工作,便享受了这份权利。这样,我们也就可以直接去森林,无需绕圈子、走弯路了。

我们刚走入森林,四周便响起了鸟雀的啁啾和其他动物的鸣叫。燕雀、柳莺、山雀和歌鸫在灌木丛里欢唱,它们悦耳的歌声在我们的身边飘荡。地面上铺满了一层厚厚的银莲花,白桦树刚绽出淡黄的叶子,松树吐出了新鲜的嫩芽,四周弥漫着树木的气息。在太阳的照射下,泥土腾起缕缕蒸气。这里处处充满了生机。野蜂正从它们的洞穴里钻出;昆虫在沼泽地里飞舞;一只鸟突然像子弹似的从灌木丛中穿出,去捕捉那些虫类,而后,又用同样速度拍翼而下。正当万物欢跃的时候,一列火车呼啸着向我们驶来,我们跨到路基旁,父亲把两指对着礼帽,朝车上的司机行礼,司机也舞动一只手向我们回敬。这一切都在瞬间完成的。我们继续踏着枕木往前走,枕木上的沥青在烈日的曝晒下正在溶化。这里交杂着各种气味,有汽油的,有杏花的,有沥青的,也有石楠树的。我们迈着大步,尽量踩在枕木上，因为轨道上的石子太尖，会把鞋底磨坏的。路轨两旁竖着一根根的电线杆，人从旁边擦过时，它们会发出歌一般的声音。这真是一个迷人的日子天空晶蓝透明，不挂一丝云彩。父亲说，这种天气是不多见的。过不久，我们来到铁轨右侧的燕麦地里。我们在这里认识的那个佃户，他的燕麦长得又整齐又稠密，父亲带着行家的表情观察着它们，随后脸上露出满意的神态。那时，我对农家之事不怎么懂，因为我长时间住在城里。我们走过一座桥，桥下的小河很少有过这么多的水，河水在欢腾着流动。我们手拉着手，以免从枕木间掉下去。过桥一会儿，便到了护路工的小屋，小屋掩映在浓密的翠绿之中，四周是苹果树和醋栗。我们走进去，和里面的人打招呼，他们请我们喝牛奶。然后，我们去看他们养的猪、鸡和盛开着鲜花的果树。看完了，又继续赶路。我们想去那条大河，那里的风景比哪儿都好，而且很别致。河流蜿蜒着北去，流经父亲童年的家乡。我们通常得走好长的路才返回，今天也一样。走了很久，几乎到了下一个车站，我们才收住脚。父亲只想看看信号牌是否放在不适当的位置，他真细心。我们在河边停了下来，河水在烈日下轻缓地拍击着两岸，发出悠扬的声音。沿岸苍苍的落叶林把影子投在波光涟涟的河面上。这里，所有的一切都明亮、新鲜。微风从前面的湖上吹来。我们走下坡，顺着河岸走了一阵，父亲指点着钓鱼的地方。小时候，他常常一整天地坐在石上，垂着鱼竿静候鲈鱼，但往往连鱼的影子都见不着。不过，这种生活是很悠闲快活的。但现在没时间钓鱼了。我们在河边闲逛着，大声笑闹着，把树皮抛入河里，水波立刻将它们带走；又向河里扔小石块，看谁扔得远。父亲和我都快活极了。最后，我们感到有点累了，觉得已经尽兴，便开始往家里走。

　　这时，暮色降临了，森林起了变化，几乎快变成一片黑色。我们加快脚步，母亲现在一定焦虑地等待我们回家吃饭。她总是提心吊胆，怕有什么事会发生。这自然是不会的。在这样好的日子里，一切都应该安然无事，一切都会叫人称心如意的。天空越来越暗，树的模样也变得奇怪，它们伫立着静听我们的脚步声，好像我们是奇异的陌生人。在一棵树上，有只萤火虫在闪动，它趴着，盯视黑暗中的我们。我紧紧抓着父亲的手，但他根本不看这奇怪的光亮，只是走着。天完全黑了，我们走上那座桥，桥下可怕的声响仿佛要把我们一口吞掉，黑色的缝隙在我们的脚下张大着嘴，我们小心地跨着每道枕木，使劲拉着手，怕从上面坠下去。我原以为父亲会背我走的，但他什么也不说。也许，他想让我和他一样，对眼前的一切置之不理。我们继续走着。黑暗中的父亲神态自若，步履匀稳，他沉默着，在想自己的事。我真不懂，在黑暗中，他怎会如此镇定。我害怕地环顾四周，心扑通扑通地狂跳着。四下一片黑暗，我使劲地憋着呼吸。那时，我的肚里早已填满了黑暗。我暗想：好险呵，一定要死了。我清楚地记得那时我确实是这样想的。铁轨徒然地斜着，好像陷入了黑暗无底的深渊。电线杆魔鬼似的伸向天空，发出沉闷的声音，仿佛有人在地底下喁语，它上面的白色瓷帽惊恐地缩成一团，静听着这些可怕的声音。一切都叫人毛骨悚然，一切都像是奇迹，一切都变得如梦如幻，飘忽不定。我挨近父亲，轻声说：

"爸爸，为什么黑暗中，一切都这样可怕呀？"

"不，孩子，没什么可怕的。"他说着，拉住我的手。

"是的，爸爸，真可怕。"

"不，孩子，不要这样想，我们知道上帝就在世上。"

我突然感到我是多么孤独，仿佛是个弃儿。奇怪呀，怎么就我害怕，父亲一点也没什么，而且，我们想的不一样。真怪，他也不说帮助我，好叫我不再担惊受怕，他只字不提上帝会庇护我。在我心里，上帝也是可怕的。呵，多么可怕！在这茫茫黑暗中，到处有他的影子。他在树下，在不停絮语的电话线杆里——对，肯定是他——他无处不在，所以我们才总看不到的。

我们默默地走着，各自想着心事。我的心紧缩成一团，好像黑暗闯了进去，并开始抱住了它。

我们刚走到铁轨转弯处，一阵沉闷的轰隆声猛地从我们的背后扑来，我们从沉思中惊醒，父亲蓦地将我拉到路基上，拉入深渊，他牢牢地拉着我。这时，火车轰鸣着奔来，这是一辆乌黑的火车，所有的车厢都暗着，它飞也似的从我们身旁掠过。这是什么火车？现在照理是没有火车的！我们惊惧地望着它，只见它那燃烧着的煤在车头里腾扬着火焰，火星在夜色里四处飞窜，司机脸色惨白，站着一动不动，犹如一尊雕像，被火光清晰地映照着。父亲认不出他是谁，也不认识他。那人两眼直愣愣地盯视前方，似乎要径直向黑暗开去，深深扎入这无边的黑暗里。

恐惧和不安使我呼吸急促，我站着，望着眼前神奇的情景。火车被黑夜的巨喉吞掉了，父亲重新把我拉上铁轨，我们加快了回家的脚步。他说：

"奇怪，这是哪辆火车，那司机我怎么不认识？"说完，一路没再开口。

我的整个身子都在颤栗，这话自然是对我说的，是为了我的缘故。我猜到这话的含意，料到了这欲来的恐惧，这陌生的一切和那些父亲茫然无知，更不能保护我的东西。世界和生活将如此在我的面前出现！它们与父亲那时安乐平安的世界截然不同。啊，这不是真正的世界，不是真正的生活，它们只是在无边的黑暗中冲撞、燃烧。

（瑞典·拉格奎斯特）

鲁迅与比目鱼

　　旧时的私塾先生为了考查学生的才学，常出题要学生应对。一次，鲁迅的老师，三味书屋的寿先生出了个"独角兽"的课题让学生对。一个学生立起身，对了个"两个蛇"，寿先生摇了摇头。另一个学生对了个"四眼狗"，寿先生气得半死。接着又有学生对"八脚虫"、"六耳猴"、"九头鸟"的，寿先生都不太中意。最后，鲁迅站起来，不慌不忙地对道"比目鱼"。寿先生一听，连声称赞，说鲁迅对得"既工且妙，一个是天上祥物——麒麟，一个是人间佳品，虽然都无数词，却都有数的含义，真是珠联璧合。"从此，鲁迅常得先生器重。后来成了著名的文学家、革命家。